虚ろなるレガリア

06

楽園の果て

三雲岳斗
MIKUMO GAKUTO

MIYUU

THE HOLLOW REGALIA

ELLIE

食べてみるか？
侭奈彩葉
Mamana Iroha
鳴沢八尋
Narusawa Yahiro

ヤヒロ様……
これはいったい
なんなのでしょうか？
エリ
Ellie

ロゼッタ・ベリト
Rosetta Berith
ジュリエッタ・ベリト
Giulietta Berith

スリア・アルミロン
Suria Almiron
真藤シグレ
Shindoh Shigure

06

楽園の果て

THE HOLLOW REGALIA

The girl is a dragon.
The boy is the dragon slayer.

死が二人をわかつまで——

虚《うつ》ろなるレガリア
THE HOLLOW REGALIA

——日本という国家の滅びた世界。

龍殺しの少年と龍の少女は、日本人最後の生き残りとして、廃墟の街"二十三区"で巡り会う。

それは八頭の龍すべてを殺し、新たな"世界の王"を選ぶ戦いの幕開けだった。

ギャルリー・ベリト

欧州に本拠を置く貿易商社。主に兵器や軍事技術を扱う死の商人である。

自衛のための民間軍事部門を持つ。出資者はベリト侯爵家。

伊呂波
わおん
Iroha Waon

不死者
鳴沢八尋
Narusawa Yahiro

龍の血を浴びて不死者となった少年。数少ない日本人の生き残り。隔離地帯『二十三区』から骨董や美術品を運び出す『回収屋』として生きてきた。冥界門での事件の後、彩葉とともに行方不明となっている。

魍獣使いの少女
侭奈彩葉
Mamana Iroha

隔離地帯『二十三区』の中心部で生き延びていた日本人の少女。崩壊した東京ドームの跡地で、七人の弟妹たちと一緒に暮らしていた。感情豊かで涙もろい。魍獣を支配する特殊な能力を持つ。

ジュリエッタ・ベリト
Giulietta Berith

武器商人ギャルリー・ベリトの執行役員。ロゼッタの双子の姉。中国系の東洋人だが、現在はベリト侯爵家の本拠地であるベルギーに国籍を置いている。人間離れした身体能力を持ち、格闘戦では不死者であるヤヒロを圧倒するほど。人懐こい性格で、部下たちから慕われている。

ロゼッタ・ベリト
Rosetta Berith

武器商人ギャルリー・ベリトの執行役員。ジュリエッタの双子の妹。人間離れした身体能力を持ち、特に銃器の扱いに天賦の才を持つ。姉とは対照的に沈着冷静で、ほとんど感情を表に出さない。部隊の作戦指揮を執ることが多い。姉のジュリエッタを溺愛している。

ジョッシュ・キーガン
Josh Keegan

ギャルリー・ベリトの戦闘員。アイルランド系アメリカ人。元警官だが、ある事情で犯罪組織に命を狙われている。軽薄な言動が多いが、戦闘員としては優秀。

パオラ・レゼンテ
Paola Resente

ギャルリー・ベリトの戦闘員。メキシコ出身。元女優で、業界には今も彼女のファンが多い。故郷に残してきた家族のために給料の多くを仕送りに注ぎこんでいる苦労人。

魏洋
Wei Yang

ギャルリー・ベリトの戦闘員。中国出身。父親は政府の高官。謀殺された父親の死の真相を調べているうちに統合体の存在を知り、ギャルリー・ベリトに合流した。温和な美男子だが、キレると恐い。

龍の巫女&不死者

清滝澄華
Kiyotaki Sumika

水の龍アシーディアの巫女。前向きで明るく、現実的な性格。龍の巫女の能力を自覚するのが遅く、大殺戮後二年間ほどは普通の人間として娼館に身を寄せていた。

相良善
Sagara Zen

澄華と契約した不死者の青年。正義感が強く実直な性格だが、頭が固く融通が利かない一面も。大殺戮発生当時は海外の名門寄宿学校に通っており、日本に帰国する際に過酷な体験をしている。

統合体《ガンツァイト》

龍がもたらす災厄から人類を守ることを目的とする超国家組織。過去に出現した龍の記録や記憶を受け継いでいるだけでなく、多数の神器を保有しているといわれている。

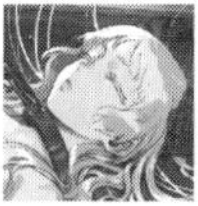

鳴沢珠依
Narusawa Sui

鳴沢八尋の妹。龍を召喚する能力を持つ巫女であり、大殺戮を引き起こした張本人。その際に負った傷が原因で、不定期の長い『眠り』に陥る身体になった。『統合体』に保護されていた。

オーギュスト・ネイサン
Auguste Nathan

アフリカ系日本人の医師で『統合体』のエージェント。鳴沢珠依を護衛し、彼女の望みを叶える一方で、龍の巫女である彼女を実験体として利用している。

子どもたち

魍獣が徘徊する二十三区の小石川後楽園で、彩葉が保護して共同生活を送っていた子供たち。現在はギャルリー・ベリトの保護下にある。

京太
Kyouta

凜花
Rinka

希理
Kiri

ほのか
Honoka

蓮
Ren

絢穂
Ayaho

瑠奈
Runa

妙翅院家《みょうじいんけ》

鹿島華那芽
Kashima Kaname

投刀塚透
Natazuka Toru

妙翅院迦楼羅
Myoujiin Karura

序幕　Prologue

THE HOLLOW REGALIA

PROLOGUE

そこは楽園のような場所だった。

洋上に浮かぶ絶海の孤島。陸地から遠く離れた小さな島だ。

穏やかな午後の太陽が、水平線近くの雲を銀色に照らす。

広大な砂浜は雪のように白く、透明度の高い海が淡いエメラルドグリーンに染まっている。

木々の間には色鮮やかな花々が咲き乱れ、吹き抜ける風に乗って鳥の声が聞こえてくる。

入り江に面した森の入り口近くには、こぢんまりとした建物の姿があった。

素人《しろうと》が手作業で組み立てたのか、粗削りで不格好なログハウスだ。

建物の正面に据え付けられたウッドデッキには、二十歳前後とおぼしき若者が立っている。

黒髪黒瞳《くろかみくろめ》の青年だ。

彼の右手に握られているのは、よく手入れされた調理用のナイフ。慣れた手つきで魚を捌《さば》き、調理バットの上に並べて塩を振っていく。

その青年が不意に手を止めたのは、ログハウスの中から聞こえてきた声のせいだった。

若い女性の叫び声。悲鳴にも似た歓喜の絶叫だ。

「やったあああああああ！　倒したああああああっ！」

壁に施された防音加工をものともせずに、彼女の甲高い声が外に響き渡る。

続けてなにかが倒れるような騒々しい気配。おそらく声の主である女性が、興奮のあまり、機材を蹴倒してしまったのだろう。

青年は静かにナイフを置いて、やれやれと呆《あき》れたように首を振った。汲《く》み置《お》きの水桶《みずおけ》で手を洗い、ログハウスの中へと入っていく。

素朴な外観とは裏腹に、ログハウスの設備は充実していた。

手作りの素朴な家具に混じって衛星放送の受信機やテレビが設置され、キッチンには業務用の大型冷蔵庫も置かれている。必要な電力を賄っているのは高効率の太陽光パネル。非常時に備えてディーゼル発電機も用意されている。

そしてなによりも目立つのは、ログハウスの内部に用意された本格的な配信設備だった。

高性能のゲーミングパソコンと低軌道衛星を利用した高速通信回線。さらには建物の面積の半分近くを占める本格的な配信ブース。その配信ブースの隙間から、中にいる配信者《ストリーマー》の声が洩《も》れてくる。防音加工を施しているとはいえ、しょせんは素人《しろうと》の手作りだ。無駄によく通る彼女の声を完全に遮断することなどできるはずもない。

「みんな、ここまでつき合ってくれてありがとう。おかげで最後までクリアできたよ！」

昨晩から延々と続いていた彼女の配信も、ようやく終わりが近づいてきたらしい。

半日以上もゲーム実況を続けておいて、なおもこれだけ楽しそうにしていられるのは、間違いなく彼女の才能といえるだろう。

「はあぁ……楽しかった。今さらだけど、チャンネル登録と高評価よろしくね。それではまた次回の配信でお会いしましょう。わおーん、伊呂波《いろは》わおんでした！」

バイバイ、と愛想《あいそ》よく手を振りながら彼女が配信を終える気配がする。

カメラとマイクの電源を落とし、配信用のパソコンをシャットダウン。それからもぞもぞとゲーミングチェアから抜け出して、彼女は配信ブースのドアを開けた。

ブースの中から出てきたのは、露出度の高い衣装を着て、獣耳《けものみみ》のウィッグをつけた配信者《ストリーマー》だ。こちらも二十歳ほどの若い娘である。

ログハウスのリビングに立っていた青年に気づいて、彼女はカラーコンタクトを入れた目を大きく見開いた。

「ヤヒロ！　配信見てくれた？　例の裏ボス、倒したよ！　もうね、本当にギリギリだったの！　体力ゲージなんか、こんなちょっとしか残ってなくて。いやあ、我ながらすごい上達したよね！　初見じゃ絶対無理だった敵の連続攻撃もよけられるようになったし！」

褒めて褒めて、と言わんばかりに、配信者《ストリーマー》の娘が飛びついてくる。

ヤヒロと呼ばれた青年——鳴沢《ナルサワ》八尋《ヤヒロ》は、そんな彼女をぞんざいに受け止めた。

「いやまあ、あんだけぶっ続けでプレイしてれば、さすがに少しは上手《うま》くなるだろ。いったい何時間配信してたと思ってんだ。もうすぐ陽《ひ》が暮れるぞ」

「うーん、昨日の夜中からやってたから、十六時間くらい？　これでも早く終わったほうなんだよ。最悪、二徹になるのを覚悟してたんだから」

銀髪のウィッグを外しながら、彼女は軽く頭を振った。ヘアネットを無造作に脱ぎ去ると、栗色《くりいろ》の長い髪がふわりと広がる。

神秘的な雰囲気が消え去って現れたのは、東洋人の少女の顔だった。

配信者《ストリーマー》〝伊呂波《いろは》わおん〟こと、侭奈《ままな》彩葉《いろは》――

とある理由で、知名度だけは高い日本人のコスプレ配信者だ。

「十六時間か……なるほどな。道理で汗臭いと思ったよ」

汗だくの彩葉《いろは》の頭をガシガシと無造作に撫《な》でながら、ヤヒロは素っ気ない口調で言った。ご機嫌だった彩葉《いろは》が頬を赤らめ、怒ったように目尻を吊《つ》り上《あ》げる。

「ちょっ……信じられない、最愛の推し配信者《ストリーマー》に向かって臭いとか言う!?　仕方ないでしょ！　配信ブース、暑いんだから！　それを言うならヤヒロだって魚臭いからね！」

「最愛の推し配信者《ストリーマー》とか、自分で言うな。魚を捌《さば》いてる途中だったんだから当然だろ。文句言うなら、食べなくていいぞ」

「え、やだ。ひどい。お腹《なか》空いた。朝からなにも食べてないんだよ」

「だったら、さっさと風呂《ふろ》に入ってこいよ。その間に食事の準備しとくから」

「わーい」

彩葉《いろは》はあっさりと機嫌を直して、弾むような足取りでログハウスの奥へと向かった。

このちっぽけな島は火山島であり、島内のあちこちで天然の温泉が湧き出している。それを水路で引きこむことで、このログハウスはいつでも風呂《ふろ》に入り放題なのである。

「おい、待て！　こんなところに服を脱ぎ散らかすな！」

ただでさえ露出の多い配信用の衣装を、浴室に辿《たど》り着《つ》く前から脱ぎ始めた彩葉《いろは》に、ヤヒロが顔をしかめて小言を言う。

「下に水着着てるから平気なんですー」

衣装を脱ぎかけのまま振り返った彩葉《いろは》が、胸の谷間を強調するようにヤヒロに向かって身を乗り出した。たしかに彼女の言うとおり、彩葉《いろは》は衣装の下に白いビキニの水着を着ている。

「なんで衣装の下が水着なんだよ」

「いやあ、下着に着替えるのが面倒で。これなら海やお風呂《ふろ》に入りたくなってもすぐ入れるし」

「夏休みにプールに行く小学生か」

どこか得意げな顔をする彩葉《いろは》の額を、ヤヒロは容赦なく人差し指で弾いた。痛っ、と彩葉《いろは》は額を押さえて、涙目になってヤヒロを睨《にら》む。

「なんで……⁉　心配しなくても水着で配信なんてやらないよ。私の可愛《かわい》い水着姿が見られるのはヤヒロだけの特権だからね。ね、嬉《うれ》しい？　嬉《うれ》しい？」

「いいからさっさと風呂《ふろ》に行け。そういうセリフは臭《にお》いを落としてから言ってくれ」

「酷《ひど》い！　いくらなんでもそこまで臭くないからね！」

ぷんすかと頬を膨らませながら、彩葉《いろは》は浴室へと向かっていく。

彼女の後ろ姿を見送りながら、ヤヒロはやれやれと息を吐いた。

その頬が赤く上気して見えるのは、窓から射《さ》しこんでくる陽射《ひざ》しのせいだけではない。

†

夕陽《ゆうひ》が水平線に近づくころには、空はオレンジと紫のグラデーションに色づいていた。夕凪《ゆうなぎ》の時刻。砂浜に押し寄せる細波《さざなみ》が、穏やかな波音を奏《かな》でている。

ウッドデッキに設《しつら》えたベンチに座って、ヤヒロはその音を聞いている。

一方の彩葉《いろは》は、デッキ中央の焚き火台《グリル》の前に座って、焼き網の上の食材を眺めていた。炭火に炙《あぶ》られた魚介や野菜が、表面に塗られたタレの焼けるいい匂いを漂わせ始めている。

「ねえ、焼けた？　もう焼けたかな？」

「べつに食べたきゃ食べてもいいぞ。もう少し火を通したほうが美味《うま》いと思うが」

「うう……じゃあ、もう少しだけ待ってる」

ステンレス製のトングと菜箸を使って、ヤヒロが食材を裏返していく。

本日のメインディッシュはハマダイの塩焼き。魚介類の豊富なこの島でも、浅場では滅多に釣れない高級魚だ。ヤヒロが早朝にボートを出して釣ってきたばかりのご馳走《ちそう》である。

そして島内で採れた野菜と燻製肉《くんせいにく》の串焼きと、土鍋を使った炊きたてのご飯。デザートには同じく島内で採れたバナナのパイ。最近のヤヒロの得意料理だ。

「これ、美味《おい》しい……！　ヤヒロ、また料理の腕が上がったんじゃない？」

口いっぱいに魚を頬張りながら、彩葉《いろは》が感激したように言う。

「三年近くも料理してれば、これくらいは誰でも出来るようになるんじゃないか。ほかにやることもなくてヒマだしな」

「いやいや、謙遜することないって。ヤヒロのおかげで美味《おい》しいご飯が食べられてわたしは幸せだよ。おかわりちょうだい」

「はいよ」

彩葉《いろは》が差し出した茶碗《ちゃわん》を受け取って、ヤヒロが土鍋からご飯をよそう。

残照がヤヒロたちの横顔を照らし、空には星が輝き始めていた。

ヤヒロの服装はラフな短パンとTシャツ。彩葉《いろは》はカジュアルなリゾートワンピースだ。まるで新婚旅行に来た若い夫婦のような出《い》で立《た》ちだが、今の二人にとってはこれが日常だった。

「お魚といえば、二十三区にいたころ、たまにヌエマルがお魚を獲《と》ってきてくれたんだけどね。蓮《れん》がお魚の骨が苦手で、それを知ってる絢穂《あやほ》がいつも骨を抜いてあげてたんだよね。そしたら、それを知った凜花《りんか》がやきもちを焼いちゃって――」

「へえ」

弟妹《きょうだい》たちとの思い出を懐《なつ》かしそうに語る彩葉《いろは》に、ヤヒロは柔らかく相槌《あいづち》を打った。

燻製肉《くんせいにく》から流れ落ちた脂が炭火に触れて、勢いよく炎が立ち上る。明るく笑う彩葉《いろは》の横顔をその炎が照らし出し、ヤヒロは静かに息を吐きだした。

「彩葉《いろは》、家族に会いたいか？」

「それはそうだよ。もちろん会えたら嬉《うれ》しい。でも、いいよ。みんなが元気でやってくれてるなら、それだけでいい。わたしたちが、あの子たちに会うわけにはいかないからね」

「そうだな……」

ヤヒロは肩をすくめて短く呟《つぶや》いた。齧《かじ》りついた串焼きの香辛料が鼻を突く。

三年前――

ヤヒロと彩葉《いろは》は、滅びかけていた世界を救った。

この世界の正体は冥界《めいかい》だ。すでに一度死んだ人々が送りこまれてくる、死者の世界。

そんな世界を守護しているのが龍だった。ヤヒロたちは、世界龍《ウロボロス》という存在が生み出す幻想の中で暮らしていたのだ。おそらくは輪廻《りんね》のメカニズムの一部として。人々の魂に焼きつけられた前世の未練が浄化されるのを待つために。

しかし、その冥界《セカイ》は壊れかけていた。世界龍《ウロボロス》の寿命が迫っていたからだ。

ゆえに彩葉《いろは》は選ばれた。古き龍を殺す龍殺しの英雄。それを生み出すための龍の巫女《みこ》として。

そしてヤヒロは彼女の願いを叶《かな》え、英雄となる資格を手に入れた。

龍殺しの英雄。それはすなわち新たな世界龍《ウロボロス》へと至る存在だ。

自らの尾を喰《く》らう円環の蛇のように、世界龍《ウロボロス》を殺した者は新たな世界龍《ウロボロス》に変わるのだ。

そうやって生み出された世界龍《ウロボロス》は、龍の巫女《みこ》の願いを実現する。すなわち彩葉《いろは》は、自分の思いどおりの新たな世界を生み出す存在となったのだ。

しかし彩葉《いろは》はそれを望まなかった。

彼女の願いは、今ここにある世界の存続。たった一人の龍の巫女《みこ》の願いではなく、世界中の人々の総意によって、緩やかに変化する世界であり続けることだった。彩葉《いろは》は、新しい世界の創造主《かみ》になることを拒んだのだ。

その結果、世界は崩壊を免《まぬが》れ、こうして今も存在し続けている。

だが、その世界にヤヒロと彩葉《いろは》の居場所はもうなかった。当然だ。ヤヒロたちは世界を創り出す側の存在であり、あるいは世界の基盤そのものなのだ。幽世《かくりよ》と呼ばれる世界の外側にある場所に囚《とら》われているのが、ヤヒロたちの本来あるべき姿である。

しかし彩葉《いろは》が古い世界の存続を願ったことで、ヤヒロたちは幽世《かくりよ》へと追いやられることを免《まぬが》れた。それでも今のヤヒロたちが、世界龍《ウロボロス》の力を保持していることに変わりはない。

だからヤヒロと彩葉《いろは》は、自分たちをこの島へと封じこめた。世界龍《ウロボロス》の力が世界に影響を及ぼすことがないように、絶海の孤島に引きこもったのだ。

この名もなき島はヤヒロと彩葉《いろは》にとっての楽園であり、そして世界龍《ウロボロス》を封じる檻《おり》なのだ。

それを不幸と受け取るか、あるいは幽世《かくりよ》に囚《とら》われるよりはマシと考えるかは判断の分かれるところだろう。しかしヤヒロたちは、この結末におおむね満足していた。これはほかの誰でもない、ヤヒロと彩葉《いろは》が自ら望んだことだからだ。

「まあ、直接話ができないってだけで動画配信は出来るからね。うちの子たちにも、わたしが無事だって伝わってるだろうし。だからわたしとしては満足かな。チャンネル登録者もじわじわ伸びてるし」

デザートのパイに手を伸ばしながら、あっけらかんとした口調で彩葉《いろは》が言う。

「魍獣化《もうじゅうか》していた日本人が復活したからな。日本語で動画を配信しても、見てくれる人間が増えたってことだろ」

「そのぶんライバルの配信者《ストリーマー》も増えたんだけどね。そうそう、せっかくだからヤヒロも動画配信すればいいのに。需要あると思うよ、釣りとか料理とか」

「べつにいいよ、面倒だから」

「そんなこと言って、たまに写真をアップしてるのは知ってるからね」

「大物が釣れたときだけな」

匿名でやっているはずのSNSアカウントの存在を彩葉《いろは》に知られていたことに、ヤヒロはバツの悪そうな表情で目を逸《そ》らす。

しかし彩葉《いろは》は、ニコニコと楽しそうに微笑《ほほえ》んで、

「いいと思うよ。ジュリたちにも言われてるしね。人生をしっかり楽しめって」

「人間らしい感情を失ってしまったら、俺たちの精神がどうなるかわからないってやつか」

「そうそう。だから、わたしは地道に配信を頑張ってるわけですよ」

「だからって、汗臭くなるまで配信し続けるのはどうかと思うぞ」

「ちゃんとお風呂《ふろ》入ったでしょ⁉ 耐久配信だったんだから仕方なかったんだってば」

皮肉っぽく溜息《ためいき》をつくヤヒロの肩を、彩葉《いろは》がポカポカと殴りつける。喧嘩《けんか》というほどのこともない、二人のいつものじゃれ合いだ。

しかし彩葉《いろは》が振り下ろした拳がたまたまヤヒロにがっつり命中した直後、眩《まばゆ》い閃光《せんこう》が夜空を照らした。少し遅れて轟音《ごうおん》が響き、その余波でビリビリと大地が揺れる。

「……な、なに、今の？」

驚きで顔を強張《こわば》らせた彩葉《いろは》が、怯《おび》えたような声でヤヒロに訊《き》いた。

ヤヒロはかすかに腰を浮かせて、油断なく周囲を警戒する。

「わからない。落雷かと思ったが……」

「こんなに晴れてるのに？」

彩葉《いろは》に訊《き》き返《かえ》されて、ヤヒロは無言で首を振った。

たしかに彼女の言うとおり、星の輝く夜空に雨雲の影は見当たらない。

南国特有の通り雨が近づいている兆候もない。

しかし島を取り巻く空気に奇妙な違和感がある。ヤヒロたちがこの島に引きこもって以来、初めて体験する感覚だ。

やがてヤヒロは、その違和感の正体に気づいて動きを止めた。

ヤヒロたちのログハウスの正面にある入り江。その先端に広がる砂浜に、見慣れない奇妙な影が倒れている。

「人だ」

「え？」

思いがけないヤヒロの言葉に、彩葉《いろは》がきょとんと目を瞬《またた》いた。

ヤヒロは握っていたトングを置いて、炭をかきだすためのシャベルを手に取った。かつて愛用していた日本刀に比べれば頼りない武器だが、威嚇の役にくらいは立つだろう。

「侵入者がいる」

「侵入者……って、この島に？　いったいどこから、どうやって来たの？」

「さあな」

ヤヒロは素っ気なく言い放ち、ウッドデッキから飛び降りた。そして砂浜にいる人影のほうへと近づいていく。

そのすぐあとを彩葉《いろは》がついてくるが、ヤヒロは彼女を止めようとはしなかった。

龍の巫女《みこ》である彩葉《いろは》は、この世界の創造主。女神に近い存在だ。少なくともヤヒロの傍《そば》にいる限り、彼女を傷つけられる者はいない。ヤヒロの近くにいるほうが、彼女は圧倒的に安全なのだ。

しかし人影に近づいていくにつれて、ヤヒロは警戒の姿勢を解いていく。

代わりにヤヒロの表情に浮かんだのは、困惑だ。

侵入者の正体が、小柄な女性だと気づいたからだ。修道服のような黒いワンピースを着た、輝くような淡い金髪の少女である。

しかし彼女の服は引き裂かれたようにズタズタに破れて、素肌の大半が露出している。

波打《なみう》ち際《ぎわ》に倒れたその姿は、まるで何日も海上を彷徨《さまよ》っていた漂流者のようだった。

「う……あ……」

近づいてきたヤヒロに気づいて、金髪の少女が顔を上げる。

日本人に近い顔立ちをしているが、彼女の瞳は透き通るような青だった。恐ろしく端整な美貌の持ち主だ。

「あんたは、何者だ？」

少女の前に屈《かが》みこんで、ヤヒロが訊《き》いた。

そんなヤヒロを見返して、彼女は安堵《あんど》したように弱々しく笑う。そして彼女は震える手を伸ばし、目の前のヤヒロに勢いよく抱きついた。

「……なるさわ……やひろ……」

「え？」

思いがけない強い力で少女に抱きしめられて、ヤヒロは呆然《ぼうぜん》と動きを止める。

「……やひろ……やひろ……」

ヤヒロの胸に顔をうずめて、少女が縋《すが》りつくように名前を呼んだ。

呆然《ぼうぜん》とそれを見ていた彩葉《いろは》の絶叫が、夜の海岸に響き渡る。

「えええええええええっ……⁉」

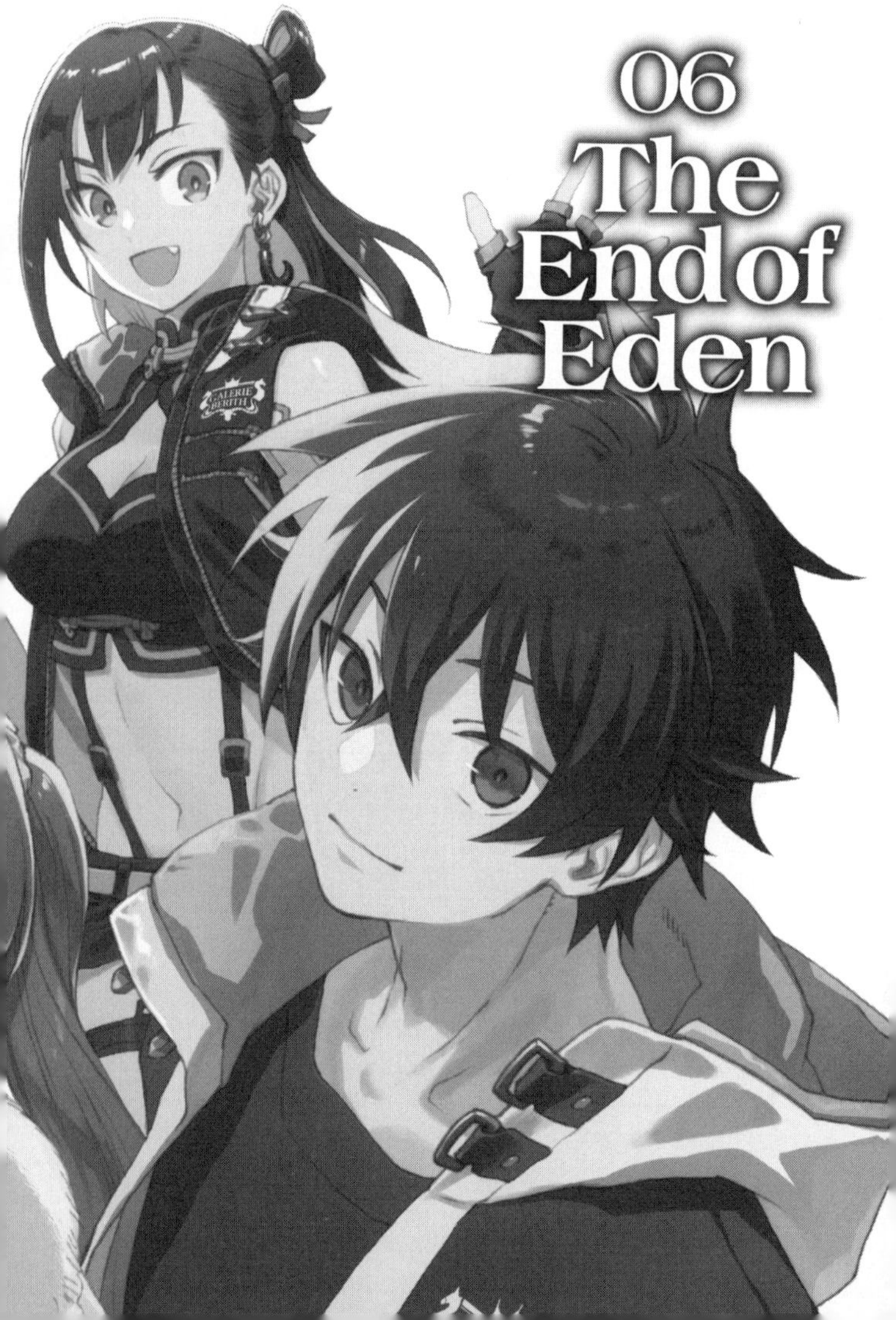
06
The
End of
Eden
GALERIE BERITH

THE HOLLOW REGALIA

Presented by
MIKUMO GAKUTO

Illustration
MIYUU

Cover Design by Fujita Shunya
(Kusano Tsuyoshi Design)

第一幕　アイランド・イン・ザ・サン

THE HOLLOW REGALIA

CHAPTER.1

1

薄闇の中で、彼は目を覚ました。

全身に包帯を巻いた、若い男だ。

やけに硬いベッドの上に、彼は横たえられている。ゴテゴテとした機械に周囲を取り囲まれた、手術台のような狭苦しいベッドだった。

ベッドが置かれている部屋は、おそらく病室なのだろう。

狭くはない。だが、広いとも言えない。

その窮屈さの原因は窓だろう。鉄格子《てつごうし》の嵌《は》まった小さな窓だ。

景色を楽しむというよりも、実験動物を観察するための覗《のぞ》き穴《あな》のような、そんな印象を受けてしまう。この部屋は、彼を閉じこめておくための檻《おり》なのだ。

「ぐ……」

高熱に細胞を炙《あぶ》られる感覚に、男は苦悶《くもん》の声を洩《も》らす。

実際に熱を出しているわけではない。彼の全身は、氷のように冷え切っている。

しかし身体《からだ》の芯だけが焼けるように熱い。

うち捨てられて朽ち果てていた機械に、誰かが無理やりガソリンを流しこんで火を入れようとしている。そんな乱暴な意思を感じる。

どうして自分がそんな目に遭わされているのか――それを思い出そうとした瞬間、強烈な頭痛が彼を襲った。思考がバラバラに砕け散り、浮かび上がりかけていた記憶が闇の底へと沈んでいく。そんな理不尽な感覚に、彼は激しい怒りを覚える。

怒り。憎悪《ぞうお》。そして、復讐《ふくしゅう》――

その感情を思い出した瞬間、頭痛が消えた。

全身の細胞を苛《さいな》んでいた熱が引き、今度こそ彼は完全に意識を取り戻す。

密閉されていたドアが開き、誰かが病室に入ってきたのはその直後のことだった。

入ってきたのは、白衣を着た女。艶《つや》やかなブルネットの白人女性だ。

美しい顔立ちをしているが、その表情は自然すぎて逆に不自然な印象を受けた。

歩く所作も、瞳の動きも、どこか人工的で作り物めいている。

「意識が戻ったのですね、シグレ」

ベッドに横たわる彼を見下ろして、女が静かに呼びかけた。流暢《りゅうちょう》で丁寧な日本語だ。

「……シ……グレ？」

彼はかすれた声で訊《き》き返す。自分の口から出たとは思えないくらい頼りなく小さな声だった。

「ええ、そうです。真藤《しんどう》シグレ。あなたの名前で間違いありませんね？」

「覚えて……ない……」

「無理もありませんね。あなたは生き返ったばかりですから」

女は動揺することなくあっさりとうなずいた。

シグレと呼ばれた青年は、一瞬なにを言われたのか理解できずに訊《き》き返す。

「生き返った？」

「はい。あなたは、全身をバラバラに引き裂かれて死にました。あなたの肉片を拾い集めて今の形につなぎ合わせるのは、大変だったと聞いています」

「どう……して……？」

「殺されたのです。魍獣《もうじゅう》に」

「魍獣《もうじゅう》？」

「亡者《もうじゃ》である人間が変貌して生まれた化け物の総称です。あなたは彼らの群棲地《ぐんせいち》──かつて〝二十三区〟と呼ばれていた地区《エリア》に侵入して、彼らと交戦したのです」

「違う……全身を引き裂かれたはずの僕が、どうして生きている？」

思いどおりに動かない身体《からだ》で無理やり起き上がろうとして、シグレは自分の腕に刻まれた深い傷跡の存在に気づいた。

左右の腕だけでなく、両脚や胸――患者衣の隙間から覗《のぞ》くシグレの全身至るところに無数の傷が残っている。いったんバラバラに解体した人体を、無理やり縫いつけたような異様な傷だ。

「それはあなたが不死者《ラザルス》だからです」

動揺するシグレに向かって、女が告げる。聞き慣れない単語に、シグレは眉を寄せた。

「不死者《ラザルス》？」

「端的に説明するなら、あなたは不死身ということです。たとえ致命的な重傷を負っても、時間が経《た》てばいずれ生き返ります。まさに今のあなたのように」

「馬鹿な……」

シグレは反射的に女の言葉を否定した。死人は死人だ。なにをしても生き返るようなことはない。不死身などというふざけた存在がいるとすれば、それはもはや人間ではない。化け物だ。

しかし女は平然と微笑《ほほえ》んで首を振る。

「今すぐに信じる必要はありません。肉体が完全に回復すれば、いずれ思い出すことになるでしょう。あなた自身のことですから」

「僕は……いったい……」

シグレは女の言葉に呆然《ぼうぜん》と呻《うめ》いた。

思い出せないのは、シグレという名前だけでなかった。自分がいったい何者なのか。これまでどこでどうやって生きてきたのか、すべての記憶が完全に抜け落ちてしまっている。

彼女の言うように時間が経《た》てば思い出せるのかもしれないが、それが確実という保証もない。自分が酷《ひど》く脆《もろ》い砂の塔の上に立っているような感覚を覚えて、シグレは強烈な不安を覚える。

「生命維持装置は、もう要らないみたいですね」

シグレのベッドを取り巻く機械を、女が順番に停止させていく。

その物々しい機械たちが本当に生命維持装置なのだとしたら、シグレが一度死んで生き返ったという彼女の話も、多少の真実味を帯びてくると感じられた。

「朝になったら、食事を用意させます。そのときまでには、あなたの身体《からだ》も、今よりは自由に動かせるようになっているはずですから」

白衣の女はそう言って、病室から出て行こうとした。

その背中をシグレが呼び止める。

「待って。あなたは、誰なんだ？　医者というわけではなさそうだけど」

「――スリア・アルミロンです。スリアと呼んでいただいて構いません。民間軍事会社キュロス所属の戦闘顧問……コンサルタントのようなものですね」

「そのコンサルタントが、どうして僕の世話を焼くんですか？」

シグレが、軽く困惑して訊《き》き返す。

　すると女は、愉快そうに微笑《ほほえ》んだ。

「それは私が、あなたの雇い主だからですよ、不死者《ラザルス》」

「え……？」

　驚くシグレを置き去りにして、スリアは今度こそ病室を出て行った。

　傷だらけの自分の腕を見つめたまま、シグレは彼女の言葉を頭の中で何度も反芻《はんすう》し続ける。

2

　ドイツ連邦共和国ヘッセン州――フランクフルト国際空港の混み合ったロビーを、揃《そろ》いのコートを着た三人組が走っていた。

　少女が一人と少年が二人。この都市では比較的めずらしい、東洋人の子どもたちだ。

　先頭にいるのは、小柄な少女。やや短めのボブカットにベレー帽を被《かぶ》った、ボーイッシュな印象の女の子である。身体《からだ》に比べて大きめなリュックを背負い、後ろにいる二人を振り返る。

「京太《きょうた》、急いで。保安検査のあと、出国審査もあるんだよ」

「わかってるよ！　荷物が重いんだよ！　おまえらが後先考えずに土産を買いこむから！　そもそも空港に着くのが遅れたのは、ほのかのせいだろ！」

　反論したのは、年相応のやんちゃそうな顔立ちの少年だ。

彼らが着ているコートの胸には、本と太陽、そして龍を描いた盾形のワッペン。スイスの名門寄宿学校《ボーディングスクール》の校章である。彼らはスイスから日本に帰国するための飛行機の乗り継ぎで、このドイツの空港に立ち寄ったのだ。

「仕方ないよ、難事件に直面して困ってたお年寄りを見捨てるわけにはいかないからね」

文句を言われたベレー帽の少女——砥川《とがわ》ほのかが、素知らぬ口調で言い訳する。

「難事件ってほどのものかよ。ただ道に迷ってただけだろ」

「うるさいな。道案内して感謝してもらえたんだからいいでしょう」

「——ほのか、京太《きょうた》。道が違う。こっち」

言い争うほのかたちに冷静に告げたのは、もう一人の男子——広橋希理《ひろはしきり》だった。おかっぱ風に髪を切り揃《きそろ》えた、中性的な美貌の少年だ。

いつも冷静な彼を追いかけるようにして、ほのかと鹿瀬京太《かせきょうた》が慌てて方向転換する。こんなときの彼らの息はピッタリだ。

単につき合いが長いからというだけではない。血のつながりこそなくても三人は姉弟《きょうだい》。ある意味、実の姉弟《きょうだい》以上に濃い体験を共有した特別な家族なのだから。

「なんとか間に合いそうだね」

保安検査場に辿《たど》り着《つ》いたところで、軽く息を弾ませて、ほのかが言った。

日本人大殺戮《ジェイノサイド》と呼ばれる未曾有《みぞう》の大災害により、滅亡の縁《ふち》にまで追いこまれた日本人が復活して、間もなく三年が過ぎようとしている。

廃墟化《はいきょか》した日本が復興を遂げたとはいえ、いまだ日本行きの航空便は少ない。今回のフライトを逃すと、次の直行便までは一週間待たなければならないのだ。いくら強気なほのかでも、さすがに不安になっていたらしい。

「疲れたー……さすがに広すぎだろ、この空港。なあ、希理《きり》、なんか喰《く》いもの持ってない？」

「ないよ。京太《きょうた》がさっき食べたチョコで最後」

「そっか。じゃあ、手荷物検査が終わったら、売店でなんか買おうぜ」

「僕はいいよ。お腹《なか》空いてない」

無邪気に話しかけてくる京太《きょうた》に、希理《きり》が素っ気ない反応を返す。そんな希理《きり》の横顔を見て、京太《きょうた》は、仕方ないなあ、と溜息《ためいき》をついた。

「なんだよ、希理《きり》。元気出せよ。凛花姉《りんかねえ》と一緒に帰国できなかったからって、そんな落ちこむことないだろ」

「ぼ、僕はべつに落ちこんでなんか――」

「そうだよ！　なにを馬鹿なことを言ってるんだ、京太《きょうた》は本当に馬鹿だな！」

「なんでほのかがキレるんだよ!?」

すごい剣幕でほのかに怒られて、京太《きょうた》はギョッとしたように仰《の》け反《ぞ》った。

日本を離れたときにはまだ九歳だった京太《きょうた》たちも、今はもう十二歳。昨年からは寄宿学校《ボーディングスクール》でも中等部に進学している。幼かった容姿も今では少し大人びて背も伸びた。

だからこそ逆にそれまで気にしなかった、年齢差を意識する年頃でもある。

希理《きり》にとって三歳年上の姉である滝尾凜花《たきおりんか》は、少々気になる存在だ。もともと美容とファッションが好きなことから話が合って、昔から二人は仲がいい。

しかし今回の希理《きり》たちの帰国に、凜花《りんか》は同行しない。彼女は急な用事が出来て、北米に向かうことになったのだ。

希理《きり》にどこか元気がないのは、おそらくそのことと無関係ではない。

そしてほのかはそれが気に入らない。少々子どもっぽくてがさつな京太《きょうた》はそのことに気づかず、うっかりほのかの逆鱗《げきりん》に触れたのだ。

だが、保安検査場の列で騒ぐほのかたちは、不意に誰かに呼びかけられて動きを止める。

「あれ、もしかして……おーい、きみたち」

隣の列から手を振っていたのは、髪を明るく染めた日本人の女性だった。

年齢はおそらく二十歳前後。東洋系ということもあってか、実年齢よりもだいぶ若く見える。

女性の隣には恋人らしき男性の姿もあって、そちらも同じく日本人らしかった。真面目そうな顔立ちの青年だ。

「やっぱりそうだ。きみたち、彩葉《いろは》のとこの子でしょ？　あたしたちのこと、覚えてる？」

女性はそう言って、にこやかに自分たちを指さした。

彼女の言葉に、最初に反応したのはほのかだった。彩葉《いろは》の名前を知っている日本人女性――そんな人物は限られている。ましてや相手が、ほのかたちの知り合いともなれば尚更《なおさら》だ。

「あ……！　澄華《すみか》さん!?」

「そう。ほのかちゃんだっけ、久しぶりだねー。元気だった？　背、伸びたねぇ」

「澄華《すみか》さんも、髪型変えたんですね」

「そうだね。変えたというか、切っただけなんだけどね」

肩口で切り揃《そろ》えた髪の毛先に触れながら、清滝澄華《きよたきすみか》が照れたように微笑《ほほえ》んだ。

ほのかたちが彼女に会うのは、ほぼ三年ぶり。美人なのは相変わらずだが、派手目な女子高生という雰囲気だった澄華《すみか》もすっかり落ち着いて、今ではいいところのお嬢さんという印象になっている。

「ゼンさんも、お久しぶりです」

澄華《すみか》の隣にいる相楽《サガラ》善《ゼン》に、希理《きり》が礼儀正しく挨拶する。

「ああ」

ゼンは無愛想ながらも、しっかりとうなずいた。

そんなゼンを見上げて京太《きょうた》は首を傾《かし》げ、隣にいる希理《きり》に小声で訊《き》く。

「誰だっけ？」

「澄華《すみか》さんとゼンさんだよ。〝水の龍《アシーディア》〟の巫女《みこ》と、不死者《ラザルス》の――」

「ああ……！　絢穂《あやほ》姉ちゃんを誘拐した犯人……！」

「馬鹿、京太《きようた》……！」

「あはは、いいよいいよ。本当のことだし。あのときはごめんね」

京太《きようた》の失言を澄華《すみか》が明るく笑い飛ばし、ゼンは苦々しげに口元を歪《ゆが》めた。

当時、敵対視していたヤヒロを誘《おび》き出《だ》すために、ゼンと澄華《すみか》は、ほのかたちの姉である佐《さ》生《しよう》絢穂《あやほ》を人質に取ったことがあったのだ。

人質といっても絢穂《あやほ》に危害が加えられたわけではないし、最終的にゼンと澄華《すみか》はヤヒロと和解したのだが、いまだに京太《きようた》はゼンたちのことを、誘拐犯として覚えていたらしい。

「お二人も東京行きの飛行機ですか？」

なんとなくバツの悪そうな表情を浮かべて、ほのかが無理やり話題を変える。

「そうだよ。ほのかちゃんたちは夏休み？　日本に帰るの？　三人だけで？」

「本当は兄と姉も一緒のはずだったんですけど、二人はジュリたちに呼び出されちゃって」

「そっか……それってテオティワカンの件かな？」

ほのかの説明にうなずいて、澄華《すみか》は独りごとのようにぽつりと言った。

「澄華《すみか》さんも知ってるんですか？」

「あの依頼、最初はあたしたちのとこに来たんだよね。体調が悪くて断っちゃったけど」

澄華《すみか》は、勿体《もつたい》ぶることもなくあっさりと答えた。

彼女の言葉に、ほのかは驚いて眉を上げる。

「体調？　どこか身体《からだ》が悪いんですか？」

「うーん、病気とか、そういうことじゃないんだけどね」

澄華《すみか》が、少し言いづらそうに視線を泳がせた。

ほのかはそんな彼女を素早く観察する。

再会したとき、最初に覚えたかすかな違和感の正体。踵《かかと》の低いぺたんこの靴。ゆったりとしたワンピース。そして、ほんの少しだけふっくらとした頰——

「澄華《すみか》さん、もしかして……おめでたですか？」

ほのかがズバリと質問すると、澄華《すみか》は驚いたように目を丸くした。

「相変わらず鋭い推理だね、ほのかちゃん。まだそんなにお腹《なか》も目立たないはずなんだけど」

「おめでとうございます、ゼンさん」

希理《きり》がお祝いの言葉を告げると、ゼンは「ああ」と短く答えた。つっけんどんな態度だが、これは明らかに照れているのだ。

「日本に戻るのは出産のためですか？」

「そうだな。これまで龍の巫女《みこ》が出産した前例はないからな。なにが起こるかわからない以上、最悪の状況に備えて、可能な限り多くの対応策を用意しておく必要があると判断した」

ゼンが生真面目《きまじめ》な口調で言う。

澄華《すみか》とゼンの子どもということは、それは龍の巫女《みこ》と不死者《ラザルス》の子ということだ。

それに近い存在は彩葉《いろは》だが、彼女の肉体自体は転生体であり、龍の巫女《みこ》から産み落とされたわけではない。澄華《すみか》の子がどのような力を引き継いでいるのか、それは誰にもわからないのだ。

そして龍の力に対する対策が、もっとも充実しているのはやはり日本である。

ギャルリー・ベリトやノア・トランステックは今も日本に多くの戦力を残しており、遺存宝器《レリクト・レガリア》の研究も続いている。そもそも龍と遭遇した経験のある傭兵《ようへい》は、あの国にしかいないのだ。

「いつも大袈裟《おおげさ》なんだよね、ゼンは。まったく心配性なんだから」

少し呆《あき》れたような口調で澄華《すみか》が言う。しかし言葉の内容とは裏腹に、ゼンが自分を心配してくれていることに彼女も満更ではなさそうだ。

そんな中、一人だけ事情が飲みこめないというふうに、京太《きょうた》が首を傾《かし》げていた。

「どういうことだ？」

「澄華《すみか》さんに赤ちゃんが出来たんだよ」

希理《きり》が小さく溜息《ためいき》をつきつつ、京太《きょうた》の耳元で囁《ささや》いた。

「ああ！　じゃあ、ゼン兄ちゃん、澄華《すみか》姉ちゃんと交尾したのか？」

なるほど、と納得した京太《きょうた》が大声で叫ぶ。

「馬鹿、京太《きょうた》！」

「馬鹿っ!」

希理《きり》とほのかが京太《きょうた》の頭を拳骨《げんこつ》で殴りつけ、痛《い》てえと涙目になる京太《きょうた》。

そんな三人の様子を見てゼンは嘆息し、澄華《すみか》は爆笑するのだった。

3

サン・ファン・テオティワカン・デ・アリスタは、メキシコ中部の高原にそびえるテオティワカン文明の遺跡群だった。かつてこの地に存在したという巨大宗教都市の跡地である。

首都メキシコシティから遺跡までの距離は、約五十キロメートルほど。観光地でもあるため、交通の便は悪くない。空港から車で直行すれば、二時間もかからずに着くだろう。

しかし、メキシコシティの空港を出て迎えの車を待っている澄田《すみた》蓮《れん》の表情は冴《さ》えなかった。

民間軍事会社の支給品である防弾ジャケットに、なぜか野球帽を被《かぶ》った少年だ。

年齢は今年で十四歳。身長は百七十センチを超えているが、顔立ちにはまだ幼さが残っている。その表情がどこか弱って見えるのは、長旅の疲れだけが原因ではないだろう。

「いい加減、元気出しなさいよ。」

蓮《れん》と色違いの防弾ジャケットを着た少女が、彼の背中を乱暴に叩《たた》く。

血の繋《つな》がっていない蓮《れん》の姉。そして侭奈《ままな》彩葉《いろは》の妹である凜花《りんか》だった。

年齢は、凛花《りんか》のほうが一つ上。身長は蓮《れん》のほうがだいぶ高いが、雰囲気だけなら年齢以上に凛花《りんか》のほうが大人びて見える。目鼻立ちのくっきりとした美少女で、髪を金髪に染めているせいだろう。

「日本に帰れなかったからって、まだ拗《す》ねてるの？　絢穂《あやほ》ちゃんに会いたかったのはわかるけど、いくらなんでも落ちこみ過ぎじゃない？」

「べつに絢《あや》姉さんに会えなかったから落ちこんでるわけじゃないよ。空気が薄いせいだって」

「はいはい。そういうことにしておいてあげるわよ」

ぼそぼそと言い訳する蓮《れん》を見て、凛花《りんか》が訳知り顔で皮肉っぽく笑った。

佐生《さしょう》絢穂《あやほ》は蓮《れん》と凛花《りんか》の姉。十七歳の女子高生だ。穏やかな性格で面倒見のいい彼女のことを、弟妹《きょうだい》たちはみんな慕っている。中でも蓮《れん》は絢穂《あやほ》に対して、淡い憧れのような感情を抱いている。少なくとも凛花《りんか》はそう思っている。

しかし蓮《れん》や凛花《りんか》たちがスイスの寄宿学校《ボーディングスクール》に入学してからも、絢穂《あやほ》だけは、日本に残っていた。とある事情で、彼女は日本国外に出ることができなかったのだ。

だから今回の夏休みは、蓮《れん》たちが一年ぶりに絢穂《あやほ》に会える貴重な機会だった。

しかしその蓮《れん》たちの計画は、思いがけない理由であっさりと潰れた。

兵器商ギャルリー・ベリトの総支配人ジュリエッタ・ベリトから、仕事を押しつけられてしまったからだ。それがこのテオティワカン遺跡への遠征である。

蓮《れん》たちは、ギャルリーの正式な社員ではない。

しかしジュリは蓮《れん》たちの欧州における身元保証人であり、寄宿学校《ボーディングスクール》の学費と生活費を出してくれている大事な出資者《スポンサー》でもあった。そんな彼女からのお願いを、断ることなどできるはずもない。

こうして蓮《れん》と凜花《りんか》の二人は、予定どおりに帰国する下の妹弟《きょうだい》たちとジュネーヴの空港で別れて、縁もゆかりもないメキシコの地に降り立ったのだ。

「まあでも、たしかに空気が薄い気はするかな。標高二千メートル以上あるんだっけ」

異国の匂いの漂う空気に、かすかな息苦しさを覚えて凜花《りんか》が深呼吸を繰り返す。

メキシコシティ国際空港は中南米最大級の空港だが、極めて標高の高い土地にあるせいで、大気中の酸素濃度が薄い。高山病にかかる旅行客がいるため、空港内に酸素ボンベが常備されているレベルである。

「オリンピック選手が高地トレーニングに使ったりするらしいよ」

「どうしてあたしたちがそんなところに呼び出されたのよ?」

「僕に聞かれても知らないよ。メキシコに着けば迎えが来るとしか言われてなんだから」

咎《とが》めるような目つきで凜花《りんか》に睨《にら》まれて、蓮《れん》が困ったように頭をかく。

空港前の道路に駐まっていた車から、クラクションの音が聞こえたのはそのときだった。

車は四輪駆動のピックアップトラックだ。見覚えのある金髪の白人男性が、運転席の窓から手を振っている。

「ジョッシュさん？　ジュリが言ってた案内人ってジョッシュさんだったんですか？」

二人分の着替えが入ったスーツケースを引きずりながら、蓮《れん》は車へと近づいた。

ギャルリー・ベリト民間軍事部門の戦闘員《オペレーター》であるジョッシュ・キーガンが、車から降りてきて蓮《れん》たちを出迎える。

「よう、ガキども。去年日本で会って以来だな。だいぶでかくなったじゃねえか」

「ジョッシュさんは少し老《ふ》けたんじゃないですか？」

「一年やそこらで老《ふ》けるか、ボケェ。俺はまだ二十代だからな」

凛花《りんか》の軽口に顔をしかめつつ、ジョッシュが蓮《れん》たちのスーツケースを車の荷台に放りこむ。

ギャルリーでは戦闘員《オペレーター》たちの小隊長を務めていたジョッシュだが、日本での騒動が片付いて以来、実戦部隊からは離れたと聞いていた。

今の彼はギャルリーの日本支部で、画廊《ギャルリー》の運営に携わっていたはずだ。そんな彼がわざわざメキシコまで出張《でば》ってきたことに、蓮《れん》たちは驚きを隠せない。

「姫さんから、おまえらがここに呼ばれた理由は聞いてるか？」

「ううん、全然。ジュリは、とにかくテオティワカンの遺跡に行けとしか」

ジョッシュの質問に、凛花《りんか》が答えた。

「まあそうだろうな。説明されてもピンとこないだろうし」

軽い不満のこもった凜花《りんか》の言葉を、ジョッシュはあっさりと受け流す。

「どういうこと？　そんな込み入った話なの？」

「いいや、全然。その逆だ。ほとんど情報がねえんだよ。無責任な噂話《うわさばなし》レベルだな。ただまあ、ほっとくわけにもいかないってんで、こうして俺たちが駆り出されたわけだ」

「噂《うわさ》って？」

「魍獣《もうじゅう》が出た」

あっけらかんとした口調でジョッシュが告げて、蓮《れん》と凜花《りんか》は互いの顔を見合わせた。

「猛獣？　魍獣《もうじゅう》って、冥界門《プルトネイオン》から湧いてくるあの魍獣《もうじゅう》ですか？」

「どうして⁉　猛獣は全部消滅したんじゃなかったの⁉　だって、彩葉《いろは》ちゃんとヤヒロさんはそのために……」

「落ち着け。まだ本当に猛獣が出たと決まったわけじゃねえ、俺たちはそれを確かめるためにメキシコくんだりまで来たんだからな」

動揺する蓮《れん》と凜花《りんか》の頭を、ジョッシュが乱暴にガシガシと撫《な》でる。

蓮《れん》はハッとしたように顔を上げ、

「もしかして僕たちが呼ばれたのって、魍獣化《もうじゅうか》に対する抗体を持っているからですか？」

「それもある。もし本当に猛獣が出現したのなら、下手な人間は送り込めないからな」

ジョッシュが、蓮《れん》の指摘にうなずいた。

魍獣《もうじゅう》と呼ばれる怪物の正体は、人間だ。

冥界門《プルトネイオン》から噴出した瘴気《しょうき》の影響を受けて、人間は魍獣《もうじゅう》へと変貌する。

それはこの世界の正体が、冥界《めいかい》であることと無関係ではない。この世界の人間は皆、一度死んで冥界《めいかい》に落とされた亡者《もうじゃ》であり、魍獣《もうじゅう》とは、その亡者《もうじゃ》たちの本来の姿なのである。世界龍《ウロボロス》の力で守られていなければ、人はたちまち魍獣《もうじゅう》へと戻ってしまうのだ。

しかしごく少数だが、その魍獣化《もうじゅうか》に耐性を持っている者もいる。

龍因子を持つ龍の巫女《みこ》と不死者《ラザルス》。そして龍の巫女《みこ》と行動を共にして、彼女の龍因子を接種した人々――すなわち、ギャルリー・ベリト日本支部の戦闘員《オペレーター》と、侭奈《ままな》彩葉《いろは》の弟妹《きょうだい》である。

それを考えれば、ジュリが蓮《れん》たちをメキシコに送りこんだことにも納得できる。

魍獣《もうじゅう》が出現したということは、近くに冥界門《プルトネイオン》が存在する可能性が高い。魍獣化《もうじゅうか》の影響を心配せずに派遣できる都合のいい調査員が、蓮《れん》たち以外にはいなかったのだ。

「だけどもし本当に魍獣《もうじゅう》と遭遇したら、僕たちはなにも出来ませんよ？」

蓮《れん》が頼りない表情を浮かべて言った。

ギャルリー・ベリトと行動を共にしていたとはいえ、当時の蓮《れん》たちはせいぜい小学生程度の年齢で、まともに戦ったことなど一度もない。欧州に渡ってからは、何度かギャルリーの訓練に参加したこともあるが、それもせいぜい簡単な護身術を習った程度だ。魍獣《もうじゅう》と本格的な戦闘になったら、生き残るのはまず不可能だろう。

しかしジョッシュは、自信満々できっぱりと断言する。

「心配するな。俺たちが猛獣に襲われるようなことにはならねえよ」

「どうしてそんなことが言い切れるのよ」

凛花《りんか》が、胡散臭《うさんくさ》い詐欺師を見るような表情で訊《き》き返《かえ》した。

ジョッシュは余裕の態度で目を細め、

「そりゃ、こっちには切り札があるからな」

「切り札？」

「いるだろ。猛獣に襲われないどころか、あいつらに言うことを聞かせられるおっかねえのが。俺たちの仕事は、どっちかというと彼女のお守《も》りだな」

「え……それって……」

凛花《りんか》の質問には答えずに、ジョッシュは車の側面へと回った。後部座席のドアを開け、さっさと乗れ、というふうに指し示す。

しかし後部座席には想定外の先客がいた。

狼《おおかみ》のような狐《きつね》のような、真っ白な毛並みを持つ中型犬サイズの魍獣《もうじゅう》。そして、それをぬいぐるみのように抱きかかえている、十歳前後の小柄な少女——

「瑠奈《るな》……⁉」

日本にいるはずの末の妹を眺めて、蓮《れん》と凛花《りんか》が同時に叫ぶ。

驚く兄と姉を表情も変えずに見上げて、瀬能瑠奈《せのうるな》は無言でうなずくのだった。

4

彩葉《いろは》の寝室のベッドの上に、金髪の少女が横たえられている。

酷《ひど》く衰弱していたせいか、一夜が明けても彼女は眠り続けていた。

ログハウスに少女を運びこむのも、海水で濡《ぬ》れていた彼女を丁寧に洗って着替えさせるのも彩葉《いろは》が一人でやったことだ。ヤヒロは何度も手伝うと言ったのだが、ヤヒロが少女に近づくことを彩葉《いろは》がよしとしなかったのだ。

「それで、この子はいったい誰なのかな、ヤヒロくん？」

少女の寝顔を見下ろしながら、彩葉《いろは》が上目遣いにヤヒロを睨《にら》む。

「誰かと訊《き》かれても、俺にはさっぱり心当たりがないんだが」

ヤヒロはあくびまじりにそう答えた。夜通し彼女の看病をしていたせいで、彩葉《いろは》もヤヒロも寝不足気味なのだ。

「そんなわけないでしょう!?　この子、ヤヒロの名前を知ってたじゃない！」

彩葉《いろは》がそう言って、ムッと頰を膨らませる。ヤヒロは小さく肩をすくめて、

「知らないものは知らないんだから仕方ないだろ」

「正直に言いなさい。今なら怒らないであげるから」

「それがすでに怒ってるときの言い方じゃねえか。そもそもそいつが俺を知ってたって理由で、なんで俺がおまえに怒られなきゃならないんだ？」

「わ⁉　開き直った⁉　わたしのファンだって言ったくせに！　推《お》し変《へん》⁉　推《お》し変《へん》なの⁉」

「そこは浮気《うわき》とかじゃないんだな……」

両腕を振り上げて怒り出す彩葉《いろは》を、ヤヒロは興味深そうに見返した。

妙に自己肯定感の高い彩葉《いろは》は、ヤヒロが自分のファンであることを信じて疑っていないのだ。そのくせ意外にやきもち焼きであることが、謎の少女のおかげで判明して少し面白い。

「だいたい推《お》し変《へん》もなにも、俺がおまえに気づかれないで、どうやってその子と知り合うんだよ。この三年間、おまえとはずっと一緒にいただろ？」

「それは……ほら、わたしが配信ブースに籠もってる間に、こっそり連絡を取り合ってたとか」

「いや、ないから」

彩葉《いろは》の思いきり的外れな推理を、ヤヒロは即座に却下する。

「それにその子が俺の名前を知ってたからって、俺がそいつを知ってるってことにはならないだろ。それこそ配信で知った可能性だってあるんじゃないのか。俺たちが東京駅の冥界門《プルトネイオン》を潰したときの生配信には、俺もしっかり映ってただろ」

「うー……たしかにそうかもしれないけど……」

ヤヒロの指摘を否定できずに、彩葉《いろは》は腕を組んで考えこんだ。

ギャルリー・ベリトの装甲列車で二十三区の冥界門《プルトネイオン》に向かった際、ヤヒロたちは、その様子を全世界にリアルタイムで配信した。世界の崩壊を防ぐためには、そうすることで人々に〝希望〟を伝える必要があったからだ。

その生配信の中には、当然、魍獣《もうじゅう》と戦うヤヒロの姿も映っていた。おそらく少し調べれば、ヤヒロの名前も出てきたはずだ。

「まあ、その子の素性については、思うところがないわけじゃないけどな」

彩葉《いろは》の警戒心が多少薄れたところで、ヤヒロは再びベッドの上の少女に目を向ける。

華奢《きゃしゃ》で小柄な体つき。色素が抜け落ちたような淡い金髪。そして完全に左右対称な、作り物めいた精緻な美貌。彼女と同じ特徴を持っていた少女を、ヤヒロは一人だけ知っている。

「それってもしかして、珠依《スイ》さんのことを言ってるの？」

「似てるだろ？」

「……うん」

ヤヒロの反問に彩葉《いろは》はうなずいた。

地の龍《スペルビア》の巫女《みこ》、鳴沢珠依《ナルサワスイ》。

ヤヒロの妹として育てられた彼女も、ベッドの上の少女と同じく、人工的な美貌の持ち主だった。否《いな》、鳴沢珠依《ナルサワスイ》は文字どおり人工的に生み出された存在だった。

「珠依《スイ》は、統合体《ガンツアイト》が遺伝子操作で造り出した人造の龍の巫女《みこ》だと言われていた。だとしたら、あいつと同じような存在がほかにいてもおかしくないと思う」

「じゃあ、この子も龍の巫女《みこ》かもしれないってこと？」

「最初はそれを疑ってたんだが……よくわからないな。どう思う？」

「うーん……龍の巫女《みこ》ってどうやって見分けたらいいんだろ？」

ヤヒロに訊《き》かれて、彩葉《いろは》は少女の寝顔へと目を向けた。

眠っている少女の頬や頭をペタペタと触って、困惑したように首を傾《かし》げる。

「どうだろ……わからないけど、あんまりそんな感じがしないかも」

「そうだな。その子は珠依《スイ》とは違う気がする」

ヤヒロは、彩葉《いろは》の意見を否定しなかった。

上手《うま》く説明できないが、目の前の少女はヤヒロが知っている龍の巫女《みこ》たちとは雰囲気が違う。

彩葉《いろは》たちが常に撒《ま》き散《ち》らしている、磁力に似た気配を感じない。

それはおそらくこの少女が、龍因子の持ち主ではないからだ。

もっとも、それがわかったところで、彼女の正体が謎めいている事実に変わりはないのだが。

「う……」

彩葉《いろは》が触りまくったせいか、眠っていた少女が苦悶《くもん》するように顔をしかめた。そして少女はゆっくりと瞼《まぶた》を開く。

それに気づいた彩葉《いろは》が、ベッドの上に身を乗り出して少女の顔をのぞきこんだ。どこか焦点の定まらない青い瞳が、彩葉《いろは》の顔を映し出す。

「目、醒《さ》めた？　よかった……！　大丈夫？　痛いところはない？　お腹空《なか》いてない？」

「……ない」

目の前にいる彩葉《いろは》を見返して、少女は困惑したように呟《つぶや》いた。ほとんど聞き取れないくらいのかすかな声だ。意識が戻るなりぐいぐいと話しかけてきた彩葉《いろは》に、明らかに圧倒されている。

前のめりになっている彩葉《いろは》を落ち着かせるため、ヤヒロは、少女から彩葉《いろは》を引き剝がそうと手を伸ばした。少女がベッドの上で跳ね起きたのは、その直後のことだった。

「火の龍《アワリテイア》……！」

怯《おび》えたように目を見開いた少女が、目覚めた直後の身体《からだ》を引きずるようにして部屋の隅へと移動する。

少女の視線は、彩葉《いろは》の顔に向けられたままだ。露骨に彩葉《いろは》を警戒するような反応である。

「え？　ええっ!?」

「彩葉《いろは》、おまえ……その子になにをしたんだ？」

「してない！　なにもしてないから！　ヤヒロはそれを知ってるよね!?」

見知らぬ少女に避けられた彩葉《いろは》が、涙目になって首を振る。

しかし少女は警戒を解かない。

彩葉《いろは》を敵視しているというよりは、純粋に恐れているという印象だ。

その事実をどうしても認めたくないのか、彩葉《いろは》は彼女を追いかけるようにジリジリと距離を詰め、余計に少女を怯《おび》えさせている。

「落ち着け。きみに危害を加える気はない。俺たちに敵対しない限りはな。わかるか？」

彩葉《いろは》の首根っこをつかんで後ろに下がらせながら、ヤヒロは少女に呼びかけた。

「あ……」

ヤヒロの顔を見た少女の瞳に、初めて安堵《あんど》の色が浮かぶ。それを見た彩葉《いろは》が余計にショックを受けていたが、今はそれをフォローをしている余裕はない。

「俺たちが喋《しゃべ》ってる言葉はわかるな？　痛いところはないか？」

ヤヒロの質問に、少女は無言のまま首肯した。「それさっきわたしが訊《き》いたやつ！」と背後で彩葉《いろは》が抗議していたが、聞こえなかったふりをする。

「水、飲むか？」

「……みず」

ヤヒロが渡したミネラルウォーターのボトルを、少女は怖《お》ず怖《お》ずと受け取った。フタの開け方がわからずに難儀している彼女のために、代わりにヤヒロが開けてやる。

少女が水を一口嚥下《えんげ》して落ち着くのを待って、ヤヒロは再び質問を続けた。

「それで、きみはいったい誰なんだ。どうして俺たちのことを知ってる？」

「……誰？」

少し考えるような沈黙を挟んで、少女が答える。

「言えないのか？」

違う、というふうに少女は弱々しく首を振った。そんな彼女の反応を見て、ヤヒロは気づく。彼女は答えたくても、答えられないのだ。

「もしかして、覚えてないの？」

彩葉《いろは》がヤヒロの背後から、顔だけを出して少女に訊《き》く。自分が彼女を怯《おび》えさせていることに気づいて、さすがに少しは気を遣ってみたらしい。

「記憶喪失……いや、目覚めたばかりで混乱してるのかもな。自分の名前は思い出せるか？」

ヤヒロがあらためて少女に訊《き》き直した。

少女は朧気《おぼろげ》な記憶を必死で辿《たど》ろうとするように目を閉じて、どうにかひと言だけ絞り出す。

「エリ」

「……エリだけ？　苗字《みようじ》は？」

喰《く》い下がる彩葉《いろは》に、エリは再び首を振った。彩葉《いろは》に怯《おび》えているのは相変わらずだが、名前を覚えていないという彼女の言葉に嘘《うそ》はないと感じられる。

「わかった、エリ。ほかに覚えていることはあるか？」

「…………」

ヤヒロに訊《き》かれて、エリが困ったように首を傾《かし》げた。質問内容が曖昧過ぎたか、と反省して、ヤヒロはひとまずいちばん気になっていた話題に絞ることにする。

「きみはどうやってこの島に辿《たど》り着《つ》いた？　まさか泳いで来たわけじゃないよな？」

ヤヒロの質問を最後まで聞いて、エリはパチパチと目を瞬《またた》いた。

そして彼女は、自分の頭上へと手を伸ばす。彼女の指先が指し示しているのは、ログハウスの天窓からのぞく青空だ。

「空から？」

ヤヒロは呆然《ぼうぜん》と呟《つぶや》いた。絶海の孤島であるこの島に、まともな方法で辿《たど》り着《つ》くとは思わないが、空から降ってきたというのはさすがに想定外だ。

「乗ってた飛行機が墜落したとか？」

「そうか……それならエリだけがこの島に流れ着いたことにもいちおう説明がつく、か……」

彩葉《いろは》がめずらしく現実的な仮説を口にして、ヤヒロは思わず低く唸《うな》る。

登場していた飛行機が不時着し、エリは運良く無傷で海上に投げ出された。そして、たまたま近くにあったこの島に漂着する。

都合が良すぎる気もするが、絶対にあり得ない話ではない。

「墜落したその飛行機は、最初からこの島を探していたのかもしれないな」

「だとしたら、エリちゃんがわたしたちの名前を知っていたのも納得だね」

彩葉《いろは》が、ふむふむと満足そうな表情でうなずいた。ヤヒロが彼女の仮説を素直に受け入れたので気分がいいらしい。

「問題はきみが俺たちを探していた理由だが……」

「ていうか、エリちゃんってヤヒロに会いたがってたんだよね？」

「言っておくが、推《お》し変《へん》とかじゃないからな」

「むー……」

まだ少し疑っているような半眼で、彩葉《いろは》がヤヒロとエリを見比べる。

しかしエリの記憶が混乱しているいるせいで、今はこれ以上の情報を引き出すのはおそらく不可能だった。幸いエリは怯《おび》えているだけで、彩葉《いろは》に対する敵意や害意は感じない。彼女を軟禁したり拘束しておく必要はなさそうだ。

「とりあえず、朝飯にしようか。漂流してたんなら、腹も減ってるだろ？」

ヤヒロが気の抜けた微笑《ほほえ》みを浮かべて、エリに訊《き》く。

エリはおそらく無意識に自分のお腹《なか》を押さえて、こくり、と小さくうなずいた。

次の瞬間、彩葉《いろは》のお腹《なか》が、くるくる、と小さく音を立てる。

おまえの腹が鳴るのかよ、とヤヒロは苦笑するのだった。

5

銃声が続けざまに鳴り響き、シグレの右腕に焼けつくような痛みが走った。

弾丸がかすめた肩の肉が裂け、鮮血が袖を染めていく。

しかし、苦痛が続いたのは、それほど長い時間ではなかった。周囲の肉が増殖し、瞬く間《またたくま》に傷口を埋めていく。まるで動画の逆再生を見ているような奇妙な感覚だ。

「……射手が隠れているのは、あの建物か」

破れた窓ガラス越しに二ブロック先にあるビルを睨《にら》み、シグレはぶら下げていた大振りの山刀《マチェット》を握りしめた。

北米の砂漠地帯に造られた、人工的な廃墟《はいきょ》の街。民間軍事会社キュオスの訓練施設である。

シグレは意識を取り戻してからの二カ月間、ほぼ休みなくここで実戦的な戦闘訓練を続けている。なくした記憶はほとんど戻っていないが、少なくとも戦闘の技術は上がった。そして、もう一つ手に入れた技《スキル》がある。

「──開け、【天翔門《タラリア》】！」

シグレが口の中だけで低く呟《つぶや》いた。内臓が浮き上がるような不快な浮遊感がシグレを襲い、次の瞬間、目に映る景色が一瞬で変わった。

アサルトライフルを構えた戦闘員《オペレーター》が二人、シグレに背を向けるような形で立っている。

「――っ⁉」

シグレの出現に気づいた戦闘員《オペレーター》が、口汚い罵声を吐き捨てながら振り返る。

しかし反撃するには、もう手遅れだった。刃を返した山刀《マチエット》の背でシグレに殴られて、戦闘員《オペレーター》たちは壁際《かべぎわ》まで派手に吹き飛んでいく。

その物音を聞きつけて、敵の仲間が部屋に入ってくる。

小銃を構える彼らまでの距離は二十メートルほど。シグレの攻撃が届く距離ではない。

しかしシグレは、構わず山刀《マチエット》を振り切った。

山刀の刃が空間を超えて、増援の戦闘員《オペレーター》たちを薙《な》ぎ払《はら》う。シグレの神蝕能《レガリア》――【天翔門《タラリア》】は空間を操る能力だ。自分自身が瞬間移動するだけでなく、相手の目の前に〝門〟を開いて、攻撃だけを飛ばすこともできるのだ。

模擬戦はそれからしばらく続いたが、結果は最後まで変わらなかった。

瞬間移動を駆使するシグレ一人に、十人を超える戦闘員《オペレーター》が為《な》すすべもなく翻弄されて、十五分も保たずに壊滅する。

おまけに実弾を装備している戦闘員《オペレーター》たちに対して、シグレは峰打ち、もしくは寸止めだ。そうでなければ一般の戦闘員《オペレーター》と、不死者《ラザルス》のシグレでは対等な訓練にすらならないのだった。

「――模擬戦は終了です、シグレ」

敵チームの全滅を確認して待機所に戻ったシグレを出迎えたのは、スーツ姿の美しい女性だった。シグレの雇い主を自称する戦闘顧問《コンサルタント》のスリア・アルミロンだ。

「交戦時間は十三分四十秒。同条件で行われた一昨日《いっさくじつ》の戦闘からは、二分と九秒の短縮です。神蝕能《レガリア》の発動にも、ずいぶん慣れたようですね」

「そうですか。自分では、まだあまり実感がわかないんですが」

スリアの評価に、シグレは複雑な表情を浮かべた。

自分が強くなっていることは理解できる。だが、シグレには、その力が自分のものだという実感が湧かない。自分が何者で、どうして戦っているのかもわからないのだから当然だ。

「それよりも、傷の治りが前よりも遅くなっているのが気になります。それに武器の腐食をどうすればいいのか……たった一度の戦闘でダメになるんじゃ、さすがに不便で仕方ありません」

「承知しています。その問題の解決策についても、すでに対応済みです」

「解決策？」

「ええ、まずはこれを受け取ってください」

スリアがそう言って、背後の部下に目配せする。

研究員らしき女性たちが二人がかりで運んできたのは、複数の鍵で厳重に封印された金属製のケースだった。幅や奥行きはそれほどでもないが、長さが三メートルを迫る巨大なケースだ。

研究員たちがケースの鍵を解除して、フタを開ける。

そこに収められていたのは、恐ろしく長い一振りの鉄刀《てっとう》。

反りのほとんどない古い時代の直刀《ちょくとう》である。

「これは……刀……いや、剣ですか？」

「いちおう剣と呼ばれていますが、厳密にいえば刀の一種です。銘は別師霊《ことふつのみたま》。天帝家ゆかりの家に伝わる神剣《しんけん》。遺存宝器《レリクト・レガリア》の一つです」

「遺存《レリクト》……宝器《レガリア》……」

スリアに無言で促されて、シグレは刀を手に取った。刃渡りだけで二メートルを超える鉄刀《てっとう》は流石《さすが》に重い。だが、それ以上の異様な衝撃が、刀の柄《つか》から伝わってくる。

「ぐっ……」

掌《てのひら》を通じてなにかが流れこんでくる気配に、シグレは呻《うめ》いた。

あまり気分のいい感覚ではなかった。

一方で、己の肉体に力が漲《みなぎ》っていくのをシグレは感じる。餓《う》えた獣が肉を貪《むさぼ》るように、シグレの細胞の一片一片が、刀の中に残されていた龍気を吸い上げようとしているのだ。

「あなたの肉体の修復力が衰えていたのは、龍因子の欠乏が原因でした。龍因子の結晶である遺存宝器《レリクト・レガリア》は、その欠乏を補ってくれるはずです。神剣たる別師霊《ことふつのみたま》であれば、あなたの能力に触れても腐食することはありませんしね」

驚いているシグレを見て、スリアが満足そうに目を細めた。

「これが遺存宝器《レリクト・レガリア》……たしかにこれなら、気兼ねなく【天翔門《タラリア》】を通せるような気がします」

シグレが、その場で軽く素振りをする。重すぎる別　韴　霊《ことふつのみたま》は使いやすい武器とはいえないが、不思議とシグレの手には馴染《なじ》んだ。

接近戦では手に余る刀身《とうしん》の長さも、空間を操るシグレにとっての相性は悪くないはずだ。

「だけど、天帝家の遺存宝器《レリクト・レガリア》なんて、そんな国宝級の代物《しろもの》を、僕なんかに預けて大丈夫なんですか？　そこまでして僕を鍛えて、なにをさせるつもりです？」

「キュオスは、間もなく日本で小規模な作戦行動を実施する予定です」

シグレの疑問に、スリアが答えた。

「日本で……？」

思いがけない地名に、シグレが戸惑う。自分の出身地だと聞かされてはいるが、記憶を持たないシグレにとっては知識でしか知らない異国の地だ。

「あなたにはその作戦に参加していただきます。あなたの神蝕能《レガリア》は、その作戦における不可欠の戦力ですので」

スリアに言われて、シグレはうなずく。キュオスが貴重な戦闘員《オペレーター》を投入してまでシグレの訓練につき合っているのは、不死者《ラザルス》の力を戦力として期待しているからだ。シグレには、彼らへの協力を拒むという選択肢はあり得ない。

「復興中の日本で、戦闘行為が許されるんですか？」

「ご心配なく。相手も、我々と同じ民間軍事会社です。表向きは美術商《アート・ディーラー》──画廊《ギャルリー》を営んでいるということになっているようですが」

「画廊《ギャルリー》……？」

シグレは小さく眉を顰《しか》めた。

美術商《アート・ディーラー》と民間軍事会社。素性を隠すための隠《かく》れ蓑《みの》としても、ずいぶんと奇妙な組み合わせだ。

しかしスリアは、真剣な表情で首肯した。

感情の希薄な彼女の瞳に、強い光が一瞬だけ煌《きら》めく。怨嗟《えんさ》にも似た強烈な敵意の輝きだ。

「そうです。我々の敵は、兵器商ギャルリー・ベリトの日本支部。彼らが独占する世界龍《ウロボロス》の力を強奪《ごうだつ》するのが、我らキュオスの最終目的ですので」

6

澄華《すみか》たちを乗せた飛行機は、さしたるトラブルに見舞われることなく、無事に日本へと到着した。片道十三時間ほどの長時間フライトだ。

到着地である新羽田《しんはねだ》空港は、数週間前に開港したばかりの新しい国際空港だった。

大殺戮《ジェイノサイド》によって完膚《かんぷ》なきまでに破壊されたかつての羽田空港を再現することで、日本復興の象徴とする。そんな目的で国家戦略的に突貫工事で造られた施設だと聞いている。

もちろん空港周辺の賑《にぎ》わいは、かつての羽田には遠く及ばない。空港そのものも未完成で、ターミナル内の多くの場所がいまだに工事中である。

しかしそんな未完成の姿から、日本を再興しようというよくわからない熱気だけは伝わってきた。どのみちこれ以上失うものはないのだという、開き直りに似た勢いすら感じられる。

「思ったよりも、ちゃんと空港の形になってるね。半年くらい前に来たときは、もっと焼け野原みたいな感じだったのに」

空港のロビーに降り立った澄華《すみか》が、窓の外の景色を見回して感嘆の息を吐く。

広々とした美しい道路。真新しい建物の群れ。たしかに新羽田空港の周辺は、新しい日本の玄関口に相応《ふさわ》しい近代的な威容を備えていた。

「外資系の投資ファンドが、ずいぶん金を注《つ》ぎこんだらしい。さすがに海外の投資家は鼻が利《き》くな。ノア社《うち》も、工事の請け負いや資材の運搬でかなり儲《もう》けたと聞いている」

ゼンが淡々と説明する。

澄華《すみか》はそんな相方を呆《あき》れ混じりの半眼で睨《にら》みつけ、

「せっかく人が感動してるときに、そういう生臭い話を子どもに聞かせるのはどうなのよ」

「だが、事実だ」

ゼンはあくまでも生真面目《きまじめ》な口調で言う。

「それに見た目が整ったところで、治安まで回復したわけじゃないからな。スリや置き引きのような犯罪には警戒しておいたほうがいい。貴重品からは決して目を離さないことだ」

「だから、あんたは固いのよ。そんなに気を張ってばかりじゃ疲れちゃうでしょ。ねえ」

澄華《すみか》は深々と嘆息して、隣にいるほのかに話を振った。

ほのかは不敵な笑みを浮かべて澄華《すみか》を見上げ、

「でも、治安が悪いということは、事件も多いということですよね。あたしたちの出番です」

「出番って？」

「ほのかは、探偵になるのが夢なんですよ」

希理《きり》が朗らかに微笑《ほほえ》んで言った。ほのかは少しムッとしたように唇を尖《とが》らせる。

「夢じゃなくて運命だよ。あと、あたしがなるのは探偵じゃなくて名探偵だからね。難事件で困ってる人々を救うのが、あたしの運命であり使命なんだよ」

「探偵かあ……なんていうか、あれだね。ほのかちゃんもやっぱり彩葉《いろは》の妹って感じだね」

澄華《すみか》は眩《まぶ》しいものを見るような表情でほのかを見つめて微笑《ほほえ》んだ。

名探偵になると言い切る彼女が、自分が人気配信者《ストリーマー》になることを疑わなかった彩葉《いろは》の姿に重なったのだ。

馬鹿にされたと怒り出すのではないかと思ったが、澄華《すみか》の言葉を聞いたほのかの反応は少し意外なものだった。彼女は不安そうな表情を浮かべながらも、瞳を輝かせて澄華《すみか》を見る。

「本当に？　本当にそう思いますか？」

「うん。言ってることが彩葉《いろは》っぽい。彩葉《いろは》が今のほのかちゃんを見たら喜ぶと思うよ。ゼンもそう思うでしょ？」

「そうだな。この世界は彼女と鳴沢《ナルサワ》八尋《ヤヒロ》が命懸けで守った世界だからな。俺たちには、世界をより良くする義務がある。困っている人間を救おうとするのはいい心がけだ」

「いや、そういう真面目な話じゃなくてね……彩葉《いろは》っぽいねってだけなんだけど」

どこかズレたゼンの発言に、澄華《すみか》はやれやれと首を振った。

ほのかもひとしきりクスクスと笑って、それから彼女は、ふと遠くを見るような瞳をした。

中学生になったばかりの少女には似つかわしくない、酷《ひど》く大人びた表情だ。

「彩葉《いろは》ちゃん……会いたいなあ……」

「え？　まさか、会ってないの？　あれから一度も？」

澄華《すみか》は、驚いてほのかに訊《き》き返《かえ》した。

ほのかたち七人もの子どもたちの長姉《あね》として——実質母親代《ママ》わりとなって彼女たちを育てた侭奈《ままな》彩葉《いろは》は、三年前に姿を消した。

崩壊する寸前だったこの世界を救うため、彼女は鳴沢《ナルサワ》八尋《ヒロ》とともに幽世《かくりよ》へと向かったのだ。

彼女は新たな世界龍《ウロボロス》を生み出すための生贄《いけにえ》の巫女《みこ》となり、この世界からは消滅した。澄華《すみか》たちはそう思っていた。

「でも、彩葉《いろは》って今でもせっせと動画を配信してない？」

「あれは本当に配信だけで、直接会ったことはないんです。ジュリたちが調べても、どこから配信されてるのかはわからないって」

「そ、そうなの？」

「彼女の立場を考えれば、幽世《かくりよ》から配信することもたしかに不可能ではないだろうが……」

ゼンが複雑そうな表情を浮かべて独りごちる。

「この世界の神様みたいなものだもんね。でも、そんなことってある……？」

理解できないというふうに、澄華《すみか》は大きく頭を振った。

そう。幽世《かくりよ》へと赴いて消滅したはずの彩葉《いろは》は、なぜか今も配信者《ストリーマー》として、マイペースに動画配信を続けていた。

彩葉《いろは》の配信アカウントが復活したのは最近のことだが、それ以来、彼女はほとんど毎日のように新規の動画を投稿し続けている。その内容もゲーム実況や雑談など、世界を救った龍の巫《み》女《こ》とは思えない、どうしようもなく平和なものばかりだ。

世界を自らの思うまま自在に作り変えられるはずの創造主になってやることが、幽世《かくりよ》からの動画配信。彩葉《いろは》らしいといえばらしい振る舞いだが、それでいいのか、と思ってしまう。

「なあ、ところでさ、ちょっと気になったんだけど」

少ししんみりとした雰囲気になった澄華《すみか》たちに、京太《きようた》が話しかけてくる。

どことなく場違いな彼の呑気《のんき》な口調に、ほのかが唇を尖《とが》らせた。

「なによ？」

「いや、さっき言ってた日本の治安が悪いって話だけど」

そう言って京太《きようた》は、澄華《すみか》たちの目的地でもある手荷物受取所の方角に視線を向けた。航空会社に預けていた荷物を、そこで受け取る予定だったのだ。

ちょうど楕円形《だえんけい》に配置されたベルトコンベアが動き出し、澄華《すみか》たちが乗ってきた飛行機の受託手荷物が搬出されてきたところだ。

ベルトコンベアの周囲には、飛行機の搭乗客たちが、手荷物を受け取るために集まっている。

そんな搭乗客たちに混じって、どこか異質な集団がいた。

軍人を思わせる雰囲気の、体格のいい男たちの一団だ。航空整備士の作業服を着ているが、そもそも本物の航空整備士が、手荷物受取所に集団でいることに違和感がある。

「あのおっちゃんたちが持ち出そうとしてるのって、ゼン兄ちゃんの荷物じゃないか？」

「なに……？」

ゼンが眉を寄せて男たちを見た。

男たちが手に取って確認していたのは、美術品を輸送するための頑丈な金属ケースだ。ドイツの空港で預けるまで、ゼンが運んでいたケースである。

「ゼン！　あいつら空港の職員じゃない！　偽者《にせもの》よ！」

澄華《すみか》が男たちを指さして大声で叫ぶ。だが、それは澄華《すみか》の失策だった。男たちが声に反応して顔を上げ、近づいてくるゼンの存在に気づく。

「待って、ゼンさん！　あの人たち、ただの泥棒じゃない……！」

鋭い声で、ほのかが警告した。

彼女の言葉どおり、男たちは素早く隊列を組み替え、ゼンを迎撃する姿勢を整える。ゼンを足止めするために二人が残り、あとの二人がケースを持って逃走を開始。軍の特殊部隊を連想させる、明らかに訓練された連携だ。

「京太《きょうた》！　希理《きり》！」

ほのかが二人の名前を呼ぶ。

三人の視線が交錯すると同時に、男子二人は駆け出した。彼らは一瞬のアイコンタクトで、ほのかの意図を察したのだ。共に育った姉弟《きょうだい》ならではの阿吽《あうん》の呼吸だ。

手荷物受取所の中は、他便の搭乗客でそれなりに混み合っていた。先に逃走した二人の男たちはケースの長さが邪魔をして、乗客達の列を抜けるのに手間取っている。

その間に京太《きょうた》と希理《きり》は彼らを追い抜き、荷物運搬用のカート置き場へと駆け寄った。そして一列に並んだカートを押して、手荷物受取所の出口前へと突っこませる。カートの列をバリケード代わりに、男たちの逃走経路を塞いだのだ。

京太《きょうた》たちの妨害に気づいた男たちが罵声を上げるが、そのときには男子二人はすでに逃げ出して彼らから距離を取っていた。幼少期から危険地帯である二十三区を生き抜いてきた子どもたちだ。そのあたりは抜け目がない。

すでに手荷物受取所での騒ぎに気づいて、空港の警備員たちが駆けつけてきている。京太《きょうた》たちは手荷物泥棒の足止めができればそれでいい。無理に戦う必要などないのだ。

しかし血気に逸《はや》る澄華《すみか》は、そんな消極策をよしとはしなかった。

「今のうちにあいつらを捕まえるよ、ゼン！」

手荷物泥棒と対峙《たいじ》するゼンに助太刀《すけだち》するべく、澄華《すみか》がハンドバッグを振り回しながら駆け出して行く。それに気づいて、ゼンが表情を強張《こわば》らせた。

「よせ！　澄華《すみか》は下がってろ！」

「澄華《すみか》さん、ダメ！」

背後でほのかが悲鳴を上げる。

ゼンを足止めしようとしていた男たちが、作業服の胸元から武器を抜いていた。彼らが握っていたのは、黒光りする無骨《ぶこつ》な金属の塊《かたまり》。大型の自動拳銃だ。

「拳銃!?　うそ!?」

ぎょっとした表情を浮かべて澄華《すみか》が足を止めた。

男たちが標的として選んだのは、目の前のゼンではなく、その背後にいる澄華《すみか》のほうだった。

それを見た瞬間、澄華《すみか》たちは理解する。彼らは、ゼンが不死者《ラザルス》であることを知っている。そして、どうすれば不死者《ラザルス》を足止めできるのか理解しているのだと。

男たちが狙いを定めて、引き金にかけた指に力をこめる。

澄華《すみか》は無意識に自分の腹を庇《かば》おうとする。

「ダメっ！」

そんな澄華《すみか》の前に飛び出したのは、ほのかだった。小柄な身体《からだ》で両腕を広げて、精いっぱい澄華《すみか》を庇《かば》おうとするほのか。

男たちは一瞬もためらうことなく、ほのかを巻きこむ形で澄華《すみか》を狙い撃った。

拳銃から眩《まばゆ》い炎が吐き出され、何発もの銃弾が澄華《すみか》たちに降り注ぐ。

しかし、その銃弾が澄華《すみか》たちに届くことはなかった。

澄華《すみか》の目の前に張り巡らされた透明な氷の壁が、弾丸を受け止め、防いでいる。

大気中の水蒸気を触媒にして、瞬時に形成された氷の防壁。

水の龍の権能《アシーディア》。ゼンの神蝕能《レガリア》だ。

怒りに燃えるゼンの瞳が男たちを睨《にら》みつけるのと、彼らの絶叫が響くのはほぼ同時だった。

男たちの全身が血の気《け》を失い、皮膚表面が白く結露していく。ゼンが激情のままに放った神蝕能《レガリア》が、男たちの血液を一瞬で凍結させたのだ。

しかしゼンに出来たのは、そこまでだった。

京太《きょうた》と希理《きり》の足止めも虚《むな》しく、ゼンの荷物を奪った二人は、ゼンたちが拳銃に気を取られている間に手荷物受取所からの逃走に成功している。

ゼンは荷物を取り戻すことができなかったのだ。

それを確認するように小さく溜息《ためいき》をつくと、ゼンは周囲に張り巡らせた氷の壁を自壊させた。そして澄華《すみか》に近づいてくるなり、人目もはばからず澄華《すみか》を力強く抱きしめる。

「無事でよかった……澄華《すみか》……」

「ちょっ……ゼン、見てる。めっちゃ人が見てるって……！」

ゼンに抱きしめられた澄華《すみか》が、顔を真っ赤にしながらジタバタと暴れた。

ただでさえ拳銃騒ぎがあったせいで、澄華《すみか》たちは周囲の注目を集めているのだ。そんな衆人環視の中でこの扱いは、さすがの澄華《すみか》も恥ずかしがらずにはいられない。

「きみにも礼を言わなければな。澄華《すみか》を庇《かば》ってくれて感謝する」

仕方なく澄華《すみか》から離れたゼンが、ほのかに向き直って頭を下げた。

「助けてもらったのはあたしのほうだけどね」

足元に散らばる氷の壁の破片を眺めて、ほのかは笑いながら肩をすくめた。

ゼンはうなずき、氷漬けになった男たちへと視線を向ける。

「神蝕能《レガリア》か。三年ぶりに発動する羽目になったな」

「そうだね……」

澄華《すみか》もゼンの言葉に同意する。

ヤヒロと彩葉《いろは》が冥界門《プルトネイオン》を塞いで世界から魍獣《もうじゅう》が消滅して以来、ゼンが神蝕能《レガリア》を使うような状況はなかった。

しかし今日の出来事で、ゼンが今も変わらずに神蝕能《レガリア》を使えることが確認された。あるいは澄華《すみか》の危機がきっかけで、眠っていたゼンの神蝕能《レガリア》が復活したのかもしれない。だが、そのこと自体は問題ではない。ゼンも澄華《すみか》も、今さら龍の力を使って、世界を変えようとは思ってないからだ。

厄介なのは、氷漬けにされた男たちのほうだろう。

彼らは明らかにゼンが不死者《ラザルス》であることを知っていた。その上で彼らは、ゼンの荷物を奪おうとしたのだ。

「あの荷物の中身ってなんだっけ？」

「俺の剣だ。機内に持ちこむことはできないからな。預けざるを得なかった」

澄華《すみか》の質問に、ゼンが答えた。

ゼンが愛用する西洋剣は、法的には美術品として扱われている。厳重に梱包《こんぽう》した上で正規の手続きを踏めば、普通に受託手荷物として飛行機で運ぶことができるのだ。

「なんで、あんな安物をわざわざ盗んだの……？」

「安物じゃない。まあ……べつに高価でもないが」

困惑の表情で澄華《すみか》が首を傾《かし》げると、ゼンは不機嫌そうにぼそりと呟《つぶや》いた。

彼の剣は、神蝕能《レガリア》を制御するための単なる道具であり、武器としての機能や美術品としての価値は、ほとんど重視されていない。

それに剣を失ったとしても、ゼンが能力を使えなくなるわけでもない。

今回、剣を持って日本に帰国したのも、万一に備えての気休めのようなものだった。メキシコで魍獣《もうじゅう》が目撃されたというギャルリー・ベリトからの情報がなかったら、おそらくあの剣の存在を思い出すことすらなかったはずだ。

しかし現実に、ゼンの剣は奪われた。

それもただの泥棒ではなく、武装した兵士風の集団によって、だ。

「盗まれたのは、水の龍《アシーディア》の加護を受けた不死者《ラザルス》の愛剣か。気になるね」

名探偵になると自称しているほのかが、目を輝かせてぼそりと呟《つぶや》いた。

殺されかけた直後だというのにまるで懲りていない彼女の姿に、やっぱり彩葉《いろは》の妹だな、と澄華《すみか》は苦笑するのだった。

第二幕　エンジェル・ウィズ・ノー・ネイム

THE HOLLOW REGALIA

CHAPTER.2

1

車の後部座席に乗った凜花《りんか》が、隣に座る妹の髪をご機嫌で弄《いじ》っている。

瑠奈《るな》は無表情に前を向いたまま、姉にされるがままになっていた。

彼女たち二人の足元にいるのは、中型犬サイズの純白の魍獣《もうじゅう》だ。そこだけ見ていると家族でドライブ中の仲良し姉妹のような、実に微笑《ほほえ》ましい雰囲気である。

車の荷台に積まれているのが大量の銃火器でなければ、だが。

「はー……瑠奈《るな》のこの感触、本当に久しぶり。大きくなったね。ヌエマルも元気だった？」

小柄な妹の頬をつまみながら、凜花《りんか》が満足そうに息を吐く。

そんな姉の横顔をちらりと見上げて、瑠奈《るな》は淡々と返事をした。

「凜花《りんか》も、綺麗《きれい》になった」

「ま……まあね。えへへ」

無口な妹からの思いがけない賛辞に、凜花《りんか》が照れながら頭を掻《か》く。

「絢穂《あやほ》ちゃんはどんな感じ？　彼氏とか出来た？」

「か、彼氏⁉」

助手席に座っていた蓮《れん》が、ビクッと肩を震わせて聞き耳を立てた。本人は気づかれていないつもりなのだろうが、バレバレだ。

彩葉《いろは》の弟妹《きょうだい》たちの中でも最年少の瑠奈《るな》は、絢穂《あやほ》とともに今も日本に残っている。つまり現在の絢穂《あやほ》の様子を知る、この場で唯一の人間ということだ。

「彼氏はいない」

「そうなの？」

平坦《へいたん》な口調で瑠奈《るな》が告げ、凜花《りんか》は少し不満そうに唇を尖《とが》らせた。

瑠奈《るな》は、そのままゆるゆると首を振り、

「でも、モテてる。アルバイト先のお客さんたちに」

「え……」

露骨に安堵《あんど》の息をついていた蓮《れん》が、不安そうな顔で瑠奈《るな》を見る。

絢穂《あやほ》のバイト先というのは、ジュリエッタたちが経営している銀座の画廊《ギャルリー》だ。そんなところに来る客といえば、大半がヒマを持て余した金持ちの老人たちである。いくら絢穂《あやほ》がモテているといっても、それは祖父が孫に接するような感覚だろう。

それくらいのことは、おそらく蓮《れん》にもわかっている。それでもやはり離れて暮らす弟しては不安なのだろう。そんな情けない蓮《れん》の姿に、凜花《りんか》は冷ややかな視線を向けた。絢穂《あね》のことばかり気にする彼のことが気に入らない、と凜花《りんか》の眉間に寄ったしわが雄弁に語っている。

「さて、そろそろ見えてくるはずなんだがな……お、あれか……」

車のハンドルを握るジョッシュは、そんな不穏な車内の様子に気づくこともなく、周囲の景色を見回しながら、のんびりとした口調でそう言った。

周囲を山々に囲まれた平坦《へいたん》な盆地の中央に、奇妙な岩山が見えてくる。

蓮《れん》たちが思わず息を呑《の》んだのは、その岩山が人工物だと気づいたせいだった。

巨岩を積み重ねて造った複数のピラミッドと、数多くの神殿。目の前に広がる広大な土地のすべてが、巨大な宗教都市の遺跡だったのだ。

「すごい……」

「あれがテオ……なんとかの遺跡なの？」

「テオティワカンな。手前にあるのが、有名な月のピラミッドってやつだ。紀元前二世紀から六世紀ごろにかけて、この街には二十万人近くが住んでたらしいぜ。文字が残ってないから、どういう文明だったのかはさっぱりわかってないらしいけどな」

凜花《りんか》の質問に、ジョッシュが答える。へえ、と凜花《りんか》は感心したように呟《つぶや》いた。

「観光客でいっぱいなんだけど」

「そりゃまあ、世界遺産にも登録されてるくらいだからな」

苦笑まじりに言いながら、ジョッシュが遺跡の駐車場へと車を止める。

時刻はすでに夕方に近いが、遺跡は訪れた観光客で賑《にぎ》わっていた。ジョッシュは武器を満載したバッグを担《かつ》ぐと、エントランスで入場料を払って遺跡内に入る。

ヌエマルを連れて入場することに文句を言われるのではないかと思ったが、瑠奈《るな》に抱かれたヌエマルを見ても係員はなにも言わなかった。ただのぬいぐるみだと思われたのだろう。

遺跡内で目立つのは、自撮りに興じる観光客たち。観光客目当ての露店も並んでおり、カラフルな土産物が陳列されている。なんとも平和な光景だ。

「本当にこんなところに魍獣《もうじゅう》が出たの？」

凜花《りんか》に疑いの眼差《まなざ》しを向けられて、ジョッシュが決まり悪そうにうなずいた。

「目撃されたのは真夜中らしい。ピラミッドの上で儀式をしてた連中が襲われて、死人も出てる。その生き残りの証言だ」

「儀式って？」

「ＵＦＯを召喚してたんだと」

「……ＵＦＯ？」

なにそれ、と凜花《りんか》が呆《あき》れたように目を細める。

「テオティワカンってのは、メキシコじゃ有名なパワースポットらしくてな。UFOの目撃情報も多いんだ。特別なパワーを感じるってんで、修行に来る霊能力者も多いらしい」

「本当なの？」

「俺に訊《き》くなよ。ただ、テオティワカンの遺跡ってのが、精密な天体観測に基づいて造られたってのは事実らしい。一説によるとその天文学の知識は、宇宙人に教えてもらったって話だ」

「へえー……」

「とにかく、そんな場所だから、真夜中に忍びこんで宇宙人と交信しようって連中が出てきてもおかしくはないんだよ」

凜花《りんか》の冷たい視線に耐えかねたように、ジョッシュが早口で言い訳した。

はあ、と凜花《りんか》は溜息《ためいき》をつく。そんなふざけた連中の証言を信じて、わざわざメキシコまで呼び出されたことに、さすがにうんざりしたらしい。

「それで、UFOの代わりに魍獣《もうじゅう》が召喚されたってわけ？」

「そいつらの証言を信じるなら、そういうことになるな。地元の警察は野犬の仕業《しわざ》ってことで片付けたみたいだが」

「野犬のせいじゃなかったの？」

「わからん。ただ、姫さんが俺たちを派遣したってことは、なにかしら気になることがあったんだろ。その犬っころなら、なにか気づくかもと思ったのかもな」

そう言ってジョッシュは、瑠奈《るな》に抱かれたままのヌエマルに目を向けた。

同じ魍獣《もうじゅう》であるヌエマルなら、ほかの魍獣《もうじゅう》の痕跡に気づいてもおかしくない。というよりも、ヌエマルに頼る以外に魍獣《もうじゅう》の痕跡を見分けることは不可能だ。

ギャルリー・ベリトが日本から瑠奈《るな》とヌエマルを派遣したのも、それが理由。蓮《れん》と凜花《りんか》は、瑠奈《るな》とヌエマルの世話係という扱いらしい。

ある意味、妥当な人選と言えるだろう。ジョッシュが一人で瑠奈《るな》を連れ回していたら、幼女誘拐犯と疑われる可能性があるからだ。

「どうだ、なにか感じるか？」

そんな苦労人であるジョッシュが、瑠奈《るな》に訊《き》く。

しかし瑠奈《るな》は、黙って首を振るだけだ。

「だよな」

ジョッシュは、とくに落胆した様子もなく肩をすくめた。彼自身、消滅したはずの魍獣《もうじゅう》が、こんなところに現れたとは信じていないのだろう。

「まあ、なにもなければそれでいいさ。観光に来たと思えば、悪くないだろ」

「それもそうね。いい写真も撮れそうだし」

ジョッシュの言葉に同意した凜花《りんか》が、さっそくスマホを取り出してカメラを起動する。

さすがに有名な観光地だけあって、写真映えする景色には事欠かないらしい。瑠奈《るな》やヌエマルという絶好の被写体があることもあって、凜花《りんか》はすっかり撮影に夢中だ。

その間、手持ち無沙汰になった蓮《れん》が、正面の遺跡を指さして訊《き》いた。

「あの建物はなんですか？」

「あれはケツァルコアトルの神殿だな」

観光ガイドブックを眺めて、ジョッシュが答える。

「ケツァルコアトル？」

「テオティワカン文明の主神《しゅしん》らしい。風雨を司《つかさど》る、羽毛を持つ蛇——龍神だな」

「龍……ここは、龍の神殿なんですか？」

蓮《れん》が目を見開いてジョッシュを見る。

ああ、とジョッシュは首肯した。

「この世界が、前に何度か滅びてるって話は聞いてるよな」

「はい。世界を生み出した龍が寿命を迎えて、そのたびに彩葉《いろは》ちゃんみたいな龍の巫女《みこ》が世界を造り直してたって……」

「うちの姫さんや嬢ちゃんは、この遺跡が、そうやって滅びた過去の世界の名残じゃないかって疑ってる。妙翅院《みょうじいん》の屋敷《やしき》にあったのと同じ、幽世《かくりよ》の入り口だったんじゃないか、ってな」

「だから……なんですね。ジュリたちが魍獣《もうじゅう》が出たって噂《うわさ》を信じたのは……」

「信じたのかどうかはわからないが、調査する気になったのはそれが理由だろうな。まあ、そこのガキんちょや犬っころがなんにも感じないって言うんなら、今回は姫さんたちの取り越し苦労だったってことなんだろうが……」

不安げに呟《つぶや》く蓮《れん》の言葉を、ジョッシュが笑い飛ばそうとする。

それを遮ったのは、瑠奈《るな》だった。

「待って」

「……あ？」

「なにか、来る」

「瑠奈《るな》？」

ヌエマルを地面に下ろした瑠奈《るな》が、無表情のまま空を見上げていた。

彼女の視線を追って、ジョッシュと蓮《れん》が顔を上げる。

その瞬間、それらは前触れもなく現れた。

壊れかけた石造りの神殿の屋根に、全長四、五メートルほどもありそうな巨大な影が浮かび上がる。油膜のような虹色の光沢に覆われた、輪郭のよくわからない獣の影だ。

積み上げられた石の隙間から滲《にじ》み出《で》てくるような不気味な光景に、蓮《れん》たちは表情を凍らせる。

「な、なに⁉　あれ……⁉」

唐突な怪物の出現に、凜花《りんか》が動揺して動きを止めた。

極彩色の怪物は、吸い寄せられるようにそんな凜花《りんか》を睨《にら》みつけた。厚みを持たない影のような爪が、石畳を裂きながら彼女を襲う。

「凜花《りんか》ちゃん！」

「……蓮《れん》⁉」

横から強い力で突き飛ばされて地面に転がり、凜花《りんか》はギリギリで怪物の攻撃を回避した。

凜花《りんか》の危機を救ったのは、蓮《れん》だった。彼がいつも被《かぶ》っている野球帽のつばが、真ん中あたりからすっぱりと切り落とされている。怪物の攻撃がかすったのだ。

「大丈夫。それよりも早くここから離れて」

幸い蓮《れん》自身に怪我《けが》はないらしい。立ち上がる彼に手を引かれて、凜花《りんか》は慌てて走り出す。

「なんだ、こいつは？　こいつも魍獣《もうじゅう》なのか？」

背負っていたバッグから銃を取り出して、ジョッシュが怪物を睨《にら》みつける。

巨大な翼を広げた、極彩色の猛禽《もうきん》。神殿の上で咆吼《ほうこう》する怪物の姿は、たしかにかつての魍《もう》獣《じゅう》に似ている。しかしそれが撒《ま》き散《ち》らしている雰囲気は、魍獣《もうじゅう》と比較しても異質だった。

人類に対する憎悪《ぞうお》と攻撃性を剝《む》き出《だ》しにしていた魍獣《もうじゅう》と比べて、目の前の怪物はあまりにも無機的で、幽霊のように存在感が希薄だ。

「違う」

「あ？」

「これは、私たちの世界の魍獣《もうじゅう》じゃない」

戸惑うジョッシュに向かってきっぱりと断言したのは、瑠奈《るな》だった。

ジョッシュは、構えたショットガンに初弾を装塡《そうてん》しながらニヤリと笑う。

「よくわからんが、敵ってことでいいんだな？」

呟《つぶや》くと同時に、ジョッシュは目の前の怪物に向けてショットガンを撃ち放った。使用したのは狩猟用のスラッグ弾。当たり所によってはヒグマでも一撃で仕留められる強力な弾丸だ。

しかし厚みを持たない影のような怪物は、その直撃を喰《く》らっても、ダメージを受けた様子はなかった。表面を多う虹色の光沢が、かすかに揺らいだだけである。

「マジか……ッ！」

顔を強張《こわば》らせたジョッシュが、ショットガンを連射しながら後退した。

ダメージを感じていないとはいえ、ジョッシュの攻撃は、やはり不快ではあるらしい。極彩色の怪物は、金属がこすれ合うような耳障《みみざわ》りな咆吼《ほうこう》を撒《ま》き散《ち》らし、ジョッシュに向かって飛《ひ》翔《しょう》した。上空から迫り来る怪物を睨《にら》んで、弾丸を撃ち尽くしたジョッシュが口元を歪《ゆが》める。

瑠奈《るな》が静かに魍獣《もうじゅう》の名前を呼んだのは、そのときだ。

「ヌエマル」

中型犬サイズだった純白の魍獣《もうじゅう》が、一瞬で全長七、八メートルほどの巨体へと膨れ上がり、全身から凄《すさ》まじい雷撃を放った。

ジョッシュに襲いかかろうとしていた極彩色の影が、雷撃を浴びて大きくよろめく。

巻き添えを喰《く》らいそうになったジョッシュ本人も、悲鳴を上げながら逃げ惑う。

彼が瑠奈《るな》たちに文句を言わなかったのは、ヌエマルの援護がなければ、自分が死んでいたことを理解していたからだ。

「ジョッシュさん！」

「俺のことはいい！　それよりガキども、こいつを使え」

ジョッシュは担《かつ》いでいたバッグから拳銃を引っ張り出して、それを蓮《れん》に向かって放り投げた。

「こ、これって……中華連邦のレリクトですか……？」

拳銃を咄嗟《とっさ》に受け取った蓮《れん》が、困惑したように目を見張った。

ジョッシュが蓮《れん》に投げ渡したのは、異様な形の大型拳銃だったからだ。

その銃には、本来あるはずの弾倉や撃鉄がなく、代わりに宝石のような深紅の結晶が嵌《は》まっている。不死者《ラザルス》以外の人間が神蝕能《レガリア》を発動するための、人工レリクトの増幅器だ。

「俺には無理だが、おまえらなら使えるかもしれないんだってよ」

ジョッシュがどこか投げやりな口調で言った。

通常の武器とは比較にならない強大な威力を発揮する人工レリクトだが、誰にでも使えるわけではない。たとえ増幅器を介しても、神蝕能《レガリア》を発動できるのは適合者《ディザーバー》と呼ばれる、ごく一部の人間だけ。おまけに、多用すれば結晶化により命を落とすというリスクもあるという欠陥兵器だ。それでも、銃弾すら効かない魍獣《もうじゅう》もどきに対抗するには、人工レリクトが生み出す神蝕能《レガリア》に賭けるしかない。

「使えるかもしれないって、どういう意味!?」

凛花《りんか》が、咎《とが》めるような口調でジョッシュに訊《き》き返す。

「本当に使えるかどうかは、試してみるまでわからないってことだろ」

「無責任過ぎるでしょ!?」

「いいから、やれ！　おまえらだけが頼りなんだからよ！」

「いきなりそんなこと言われても無理ですよ！　レリクトの使い方なんて習ってないし！」

拳銃を握った蓮《れん》が、情けない表情で抗議した。

蓮《れん》や凛花《りんか》は、龍の巫女《みこ》である彩葉《いろは》や瑠奈《るな》と、四年以上も一緒に暮らしていた。その影響で、高濃度の龍因子の影響を少なからず受けていると推測されている。

佐生《さしょう》絢穂《あやほ》が山の龍《ヴァナグロリア》の遺存宝器《レリクト・レガリア》に適合したように、蓮《れん》たちが人工レリクトの適合者《ディザーバー》になる可能性は高いのではないか——ギャルリー・ベリトはそう判断した。だからジュリたちは、蓮《れん》たちをテオティワカンに送りこんだのだ。

「大丈夫」

泣きそうな表情を浮かべる蓮《れん》に、瑠奈《るな》が告げた。

そして彼女は、蓮《れん》の背中にそっと手を触れる。

その行為に勇気づけられたように、蓮《れん》は巨大な拳銃を構えた。

あえて狙いをつける必要はなかった。そのときには極彩色の怪物は、すでに蓮《れん》の目の前まで迫っていたからだ。

「う、うわあああああああああっ！」

自分の背後にいる瑠奈《るな》や凜花《りんか》たちを守る──ただそれだけを祈りながら蓮《れん》は引き金を引いた。

拳銃に埋めこまれた人工レリクトが眩《まばゆ》く発光し、吐き出されたのは炎だった。火の龍〝アワリティア〟と同じ権能。浄化の炎が竜巻状に撒《ま》き散《ち》らされて、極彩色の怪物を包みこむ。

その効果は劇的だった。ガラスが砕けるような音とともに極彩色の怪物が砕け散り、光を撒《ま》き散《ち》らしながら消滅していく。

蓮《れん》は拳銃を両手で握りしめたまま、ただ呆然《ぼうぜん》とその光景を眺めていた。

「やれやれ……どうにかなったか」

ジョッシュが、弾丸の尽きたショットガンを下ろしながら溜息《ためいき》をつく。

怪物に気を取られて忘れていたが、この場所は有名な観光地で、周囲にはそれなりに大勢の観光客がいた。ジョッシュたちと怪物の戦闘もしっかり目撃されていたことだろう。

もっとも観光客たちの表情に、あからさまな恐怖や警戒の色はない。怪物の姿があまりにも現実離れしていたせいか、本気の殺し合いというよりも、客寄せのショーやパフォーマンスと思われたのかもしれない。

とはいえ、ジョッシュが本物の銃をぶっ放したのは事実である。地元の警察に捕まって揉《も》め

ると面倒だ。騒ぎが大きくなる前に、この場所を離れたほうがいいだろう。

ジョッシュは凜花《りんか》に目配せすると、いまだに放心状態の蓮《れん》を引っ張って逃走を図る。

「……で、結局、なんだったんだ、あいつは？」

表情を変えずについてくる瑠奈《るな》に、ジョッシュは訊《き》いた。

すでに元の大きさに戻ったヌエマルを抱いた瑠奈《るな》は、わからない、と無言のまま首を振るのだった。

2

手作りの不格好なビニールハウスの下には、支柱に沿ってトマトの枝葉が青々と茂っていた。ちょうど収穫期を迎えた大振りな果実が、あちらこちらにぶら下がっている。

ヤヒロはそんなトマト畑の真ん中に立って、熱心にトマトの面倒を見ていた。熟した果実を収穫する傍《かたわ》ら、傷んだ葉や脇芽を剪定《せんてい》していく。

そんなヤヒロの様子を、小柄な影が至近距離からジッと見つめている。

修道服を着た金髪の少女——エリである。

「ヤヒロ様……これはいったいなんなのでしょうか？」

それまでずっと無言だったエリが、唐突にトマトを指さして訊《き》いた。

「トマトが生《な》ってるところをみるのは初めてか？」

「そう……これがトマトなのですね……」

「ああ。もともと乾燥地帯の高原が原産の野菜だから、こういう亜熱帯地方で育てるのは難しいんだけどな。この品種はわりと暑さに強いし、水の量と温度管理に気をつけてやれば――」

訊《き》かれるままに説明を続けていたヤヒロは、ふと違和感に襲われて途中で言葉を切った。そして、すぐ隣にいるエリの顔をまじまじと見る。

「エリ……おまえ、喋《しゃべ》れるようになったのか？」

「はい。ようやく覚えることができました」

エリはヤヒロを見返して、淡々と答えた。

抑揚こそ乏しいが、不自然さを感じさせない流暢《りゅうちょう》な日本語だ。

「覚えたって、どうやって？」

「……動画を見せていただきましたから」

「動画？　彩葉《いろは》が流してたやつか？　いやいや、だとしても覚えるのが速すぎるだろ……」

「そうなのでしょうか……？」

こてん、とエリは二十度ほど首を右側に傾けて訊《き》き返《かえ》す。

砂浜に打ち上げられていた彼女が目を覚まして、まだ二日しか経《た》っていないのだ。

エリはその間、自分とヤヒロの名前以外、ほとんどなにも喋《しゃべ》らなかった。しかしエリの言葉が事実なら、彼女はたった二日間で日本語を完全にマスターしたことになる。

「まあいいか。意思疎通が楽になったのは助かるからな」

ヤヒロは小さく首を振って、それ以上深く考えるのをやめた。

日本語をゼロから覚えたのではなく、忘れていたものを思い出したのだとしたら、それほどおかしな話ではないと思い直したのだ。

「ところで、ヤヒロ様はなにをなさっているのでしょうか？」

まだ未熟なトマトの実を摘み取るヤヒロを見て、エリが不思議そうに質問した。

「摘果《てきか》だな。果実があまり多く生《な》りすぎると、栄養が行き渡らなくなって、品質が落ちたり、成長に悪影響が出たりするんだよ。だから適正な数まで間引きしてやるんだ」

「間引き……」

エリが複雑そうな表情でぼそりと呟《つぶや》いた。ヤヒロ自身、残酷な行為をしているという自覚はあるので、彼女の気持ちもよくわかる。

「間引きするトマトは、どうやって決められるのでしょう？」

「育ちの良さとか、いろんな判断基準はあるんだが……最後はカンだな。あとは運か」

ヤヒロは軽く肩をすくめて言った。それからカゴに手を伸ばし、ついさっき収穫したばかりのトマトを一つ、エリの前に差し出してみせる。

「食べてみるか？」

エリは少し驚いたように目を瞬《またた》いて、ヤヒロからトマトを受け取った。

祈るように目を閉じて、彼女はトマトに歯を立てる。

溢《あふ》れ出《だ》した果汁に少し驚いたような表情を浮かべつつ、小動物めいた仕草でもぐもぐと咀嚼《そしゃく》。

可愛《かわい》らしい歯形の残ったトマトを見つめて、ものすごい発見をしたようにヤヒロを見た。

「……トマトの味がします！」

「甘いだろ。糖度の高い品種だからな。何日か追熟させたらもっと美味《うま》くなるんだが」

「ヤヒロ様もお召し上がりになりますか？」

エリが自分の食べかけのトマトを、ヤヒロの前に怖《お》ず怖《お》ず差し出してくる。

ヤヒロは困惑しながらも、躊躇《ちゅうちょ》なくそれに齧《かじ》りついた。多少の気恥ずかしさは感じるが、エリが親切でやっていることだと理解できたからだ。

「まあ、いい出来だな。こんなもんか」

「はい。さすがですね、ヤヒロ様」

満足そうに微笑《ほほえ》みながら、エリが残っていたトマトを再び口に運んだ。

「そのヤヒロ様っていうのはやめてくれ。ヤヒロでいい」

「え……あ……では、せめてヤヒロさんと……」

「そうしてくれ」

おろおろと視線を彷徨《さまよ》わせるエリを見て、ヤヒロは失笑した。

エリの年齢は、おそらくヤヒロとあまり変わらない。しかし小柄な体つきと控えめな態度のせいで幼く見える。それもあって素直に可愛《かわい》らしいと思う。人懐《ひとなつ》こい愛玩犬的な可愛《かわい》らしさだ。

「……ヤヒロさん」

「なんだ？」

「ふふっ、呼んでみただけです」

ヤヒロと彼女は至近距離で向かい合ったまま、エリが悪戯《いたずら》っぽく微笑《ほほえ》んだ。

そんな中、ガサガサとトマトの茎をかき分けながら、ヤヒロたちへと忍び寄る影があった。

デニムのオーバーオールにタンクトップと軍手という、野良《のら》仕事スタイルの彩葉《いろは》である。

「二人でなにをやってるのかな……？」

寄り添うように立っているヤヒロとエリを見て、彩葉《いろは》が低い声を出す。

彩葉《いろは》にしてはめずらしい、露骨に不機嫌な表情だ。

「彩葉《いろは》？」

「……っ！」

彩葉《いろは》の唐突な出現に、強烈な反応を見せたのはエリだった。

弾《はじ》かれたように立ち上がり、彼女はヤヒロの背後へと逃げる。

小刻みに全身を震わせているあたり、単純に警戒しているというわけではないらしい。

「ちょっと、どうして隠れるの……!?」

彩葉《いろは》は驚いたように軽く目を見開くと、ぐるりと回りこむようにしてエリに近づいた。フレンドリーな笑みを浮かべてはいるが、彩葉《いろは》を恐れるエリにとっては、その表情は余計に恐怖をそそるだけだろう。

「やめてやれ。エリが恐《こわ》がってるから」

ヤヒロは仕方なくエリを庇《かば》って、彩葉《いろは》を制止する。

彩葉《いろは》は拗《す》ねたように、ぷくっと頬を膨らませ、不機嫌そうに両手を振り回した。

「うー……ズルい！　ヤヒロだけズルい！　なんでヤヒロにだけエリちゃんが懐《なつ》くの⁉　わたしもエリちゃんとイチャイチャしたい！　トマトの食べさせ合いっことかしたい！」

「トマトが喰《く》いたきゃ、好きなだけ自分でもいで食べればいいだろ」

すぐ隣のトマト畑を指さして、ヤヒロは小さく溜息《ためいき》を洩《も》らした。

「それよりも卵はどうだった？」

「もらってきたよ。ついでに鶏舎の掃除もしといたからね」

ほら、と彩葉《いろは》がウエストポーチの口を広げてみせる。

中には産みたての卵がゴロゴロと入っていた。この島ではニワトリを三十匹ほど飼っており、その世話は動物好きな彩葉《いろは》の担当だ。

「そうか、お疲れ。じゃあ、あとはパンを焼かないとな」

「任せて。今日こそはリベンジするから」

ヤヒロの呟《つぶや》きを聞きつけた彩葉《いろは》が、両手の拳を握って、むん、と気合いを入れた。彩葉《いろは》はほんの数日前にも、独創的な味つけのパンを作ろうと試みて悲惨な目に遭ったばかりなのだ。

「いや、パンを焼くのにリベンジが必要になるのはおかしいからな……」

謎のやる気に満ちた彩葉《いろは》の様子に不安を覚えつつ、ヤヒロはやれやれと首を振った。

その間やけに静かなエリが気になって、ふと背後を振り返る。

エリはひどく不思議そうな表情で、ヤヒロと彩葉《いろは》の姿を見つめていた。正確にいえば彼女が見ていたのは、ヤヒロたちを含めた島の風景そのものだ。

「エリ……どうしたんだ?」

ヤヒロに訊《き》かれて、エリがゆっくりと目を合わせてくる。

彼女の青い瞳に浮かんでいたのは、強い戸惑いの感情だ。

「……この世界は、温かいですね」

食べかけのトマトを見つめて、エリが呟《つぶや》く。

「南国だからな」

ヤヒロはシンプルな答えを返した。この名もない島の気候は熱帯と亜熱帯の中間あたり。一年の平均気温は二十五、六度といったところだろう。

しかしエリは、そうではないのだ、というふうにゆっくりと首を振る。

「……眩《まぶ》しくて……美味《おい》しいです……」

「わたしたちが頑張って育てたからね。畑も広げて、水も引いてきて」

整然と広がるトマト畑を見回しながら、彩葉《いろは》が得意げに胸を張る。主に働いたのは俺なんだが、とヤヒロは小声でぼそぼそと突っこんだ。とはいえ、気合いが空回りしてすぐにバテてしまっただけで、彩葉《いろは》にやる気があったのは間違いない。

「……ここは……私が知っている冥界《めいかい》とは違います」

相変わらず彩葉《いろは》を警戒しながらも、エリがぽつぽつと言葉を続けた。

「え？」

ヤヒロは驚いてエリを見る。

エリが当然のように冥界《めいかい》という言葉を口にしたという事実が、すぐには理解できなかった。

聞き間違いかとも思ったが、それを否定するようにエリがはっきりと訊《き》いてくる。

「この世界は死者たちの世界のはずなのに……どうしてなのでしょうか？」

「エリ、きみは何者だ？　どうしてこの世界が、冥界《セカイ》だってことを知っている？」

ヤヒロが、表情を険しくしてエリを見た。

彩葉《いろは》も動揺に言葉をなくしている。

ヤヒロたちが現実だと信じていたこの世界の正体は、冥界《めいかい》。死者たちの世界だ。

この世界の人々は全員が死人であり、世界龍《ウロボロス》が生み出す幻の中で仮初《かりそめ》の生を送っている。自分たちが死人であることを、自覚することもなく。

だがその事実を知っているのは、統合体《ガンツアイト》の関係者など、ほんの一握りの人間だけだった。少なくともエリがそれを知る立場にいたとは、とても思えない。

「……私は、ヤヒロさんを守るために来ました」

困惑するヤヒロにエリが告げる。

「守るって、誰から？」

彩葉《いろは》が当然の疑問をエリにぶつけた。

ヤヒロの背中にそっと隠れながらも、エリは答える。

「敵です」

「それってわたしのことじゃないよね？」

彩葉《いろは》の疑問に、エリは沈黙。なんでよ、と彩葉《いろは》は眉を吊《つ》り上《あ》げた。

「そこは迷わないでうなずいてほしいんだけど……!?」

「あ……」

ヤヒロの背後でベチャッという湿った音がする。

詰め寄る彩葉《いろは》の剣幕に驚いたエリが、後ずさろうとして尻餅をついたのだ。

幸い作物に被害はなかったが、畑の畝の上にひっくり返ったエリのお尻と背中は泥だらけになっていた。途方に暮れたように目を潤ませるエリを見て、ヤヒロは思わず額を押さえる。

「今の話の続きは、お風呂《ふろ》でしましょう！」

エリを助け起こすために手を伸ばしながら、彩葉《いろは》が言う。

怖《お》ず怖《お》ずと彩葉《いろは》の手を取りながら、エリが救いを求めるような視線をヤヒロに向けた。

「……ヤヒロさんも、一緒に」

「いや、それは無理だから」

彩葉《いろは》と二人きりだと気まずいのはわかるが、さすがのヤヒロもそこまでは面倒を見切れない。

ヤヒロににべもなく断られて、エリが絶望したように目を見開く。

「だったらお風呂《ふろ》は私一人で……」

「だーめ。逃がさないからね。エリちゃんはわたしと一緒にお風呂《ふろ》に入るの！」

「……う……あ……」

彩葉《いろは》に半ば無理やり引きずられて、温泉のほうへと連れて行かれるエリ。

そんなエリたちの姿を見送りながら、ヤヒロは再び深い溜息《ためいき》を洩《も》らすのだった。

3

「痛《つ》っ……！」

突然、火傷《やけど》のような鋭い痛みを覚えて、佐生《さしょう》絢穂《あやほ》は自分の右手を押さえた。

右手の甲に浮かんでいたのは、トライバルデザインのタトゥーに似た緋色《ひいろ》の紋様だ。

龍の爪痕、あるいは龍そのものにも見えるその紋様は、絢穂《あやほ》の手の甲から手首にかけて鮮明に浮かび上がり、淡い輝きを放っている。

「遺存宝器《レリクト・レガリア》……そんな……どうして急に……？」

絢穂《あやほ》の瞳に浮かんだのは、隠しきれない困惑の色だった。

山の龍の遺存宝器《ヴァナグロリア》──

不死者《ラザルス》の女性、神喜多天羽《カミキタアマハ》の心臓から抉《えぐ》り出《だ》されたという緋色《ひいろ》の結晶は、予期せぬ偶然によって絢穂《あやほ》の右手に融合した。

その結果、絢穂《あやほ》は適合者《デイザーバー》となり、神蝕能《レガリア》を操る力を手に入れた。過剰な力の行使は、絢穂《あやほ》自身の肉体を蝕《むしば》む危うい権能。両刃の剣だ。

しかし魍獣《もうじゅう》が世界から消えたことで、絢穂《あやほ》が神蝕能《レガリア》を使う機会もなくなった。

それからさらに三年が経過し、今では遺存宝器《レリクト・レガリア》の存在を意識することすら滅多にない。

あれほど鮮明だった緋色《ひいろ》の紋様もすっかり薄れて、注意して見なければほとんどわからない。

そんな状況が続いていたのだ。ついさっきまでは。

そのレリクトの紋様が、再びくっきりと浮かび上がっていた。まるでレリクトそのものが、長い眠りから目覚めたように。その事実が絢穂《あやほ》を戸惑わせる。

絢穂《あやほ》がいるのは東京の都心を走る電車の中だった。学校から帰る途中だったのだ。

午後の比較的空いている時間帯だが、復旧されて間もない山手線《やまのてせん》の車内は、それなりに混み合っている。だが、幸いにも絢穂《あやほ》の異変に気づいた乗客はいなかった。

絢穂《あやほ》は通学バッグから取り出したシュシュを手首に嵌《は》めて、大きめの絆創膏《ばんそうこう》を手の甲に貼った。これでレリクトの紋様が目立つようなことはないだろう。

明日からの通学が少し憂鬱だが、しばらくは包帯を巻いて誤魔化《ごまか》すしかないだろう。

ギャルリー・ベリトは傷跡などを隠すための変装用のフィルムを取り扱っていたはずなので、ロゼたちに相談してみるのもいいかもしれない。つっけんどんな態度のせいで意外に思われがちだが、ああ見えてロゼは面倒見がいいのだ。

問題は、レリクトの紋様が浮き上がってきたことではなく、その原因のほうだった。

休眠状態だったレリクトの唐突な活性化。理由はわからないが、嫌な予感しかしなかった。

龍因子の結晶体であるレリクトが反応するということは、龍因子に影響を与えるなにかが絢《あや》穂《ほ》の近くに存在する、ということだからだ。

電車が速度を落としながら、駅のホームへと近づいていく。

目的の駅ではなかったが、絢穂《あやほ》はそこで降りることにした。このまま電車に乗り続けていては危険だと、直感的に判断したからだ。

停止した電車のドアが開き、絢穂《あやほ》はホームへと降り立った。

絢穂《あやほ》の突発的な行動に驚いたように、同じ車両内にいた男たちが慌てて飛び出してくる。夏だというのに、長袖のジャケットを着た外国人の男たち。もちろん絢穂《あやほ》の知らない顔だ。

それを見た瞬間、絢穂《あやほ》は自分が監視されていたのだと理解した。

あるいは監視というよりも、つきまとわれているというほうが正確なのかもしれない。反射的に駅の出口に向けて走り出した絢穂《あやほ》を、彼らは追いかけてきたからだ。

「なんで……！」

思わず泣き言を口走りながら、絢穂《あやほ》は駅の改札から外に飛び出した。

逃走の目的地は、銀座の裏通りにある小さな画廊《ギャルリー》だった。

カフェを併設したその画廊《ギャルリー》は絢穂《あやほ》のアルバイト先であり、同時に兵器商ギャルリー・ベリト日本支部の窓口でもある。画廊《ギャルリー》の店員の大半は、ギャルリー・ベリト民間軍事部門の戦闘員《オペレーター》。そこらの犯罪者など歯牙《しが》にもかけない実力の持ち主だ。そこに逃げこめば、ひとまずは安心だと絢穂《あやほ》は考えた。この駅で電車を降りたのも、そういう計算があったからだ。

しかしなりふり構わず追いかけてくる男たちの体力は、当然だが絢穂《あやほ》よりも遥《はる》かに上だった。

追っ手の数は全部で五人。その中でも特に目立っているのは、フードを被《かぶ》った青年だ。弓道で使う弓袋《ゆぶくろ》のような二メートル近いケースを背負ったまま、先頭に立って絢穂《あやほ》を追ってくる。

最初は二百メートルほどあった青年との差も、気づくとほとんど残っていなかった。このままではギャルリーに逃げこむ前に追いつかれるのは確実だ。

「止まれ、佐生《さしょう》絢穂《あやほ》」

ややクセのある日本語で、青年が叫んだ。

自分の名前を呼ばれたことに、絢穂《あやほ》の心臓が大きく跳ねる。

人違いという可能性は、完全に消えた。追っ手の目的は間違いなく絢穂《あやほ》なのだ。

路上には通行人の姿も少なくないが、絢穂《あやほ》を追いかけてくる男たちの姿を見た上で、あえて助けに入ろうとする者はいなかった。男たちが撒《ま》き散《ち》らしている暴力的な臭《にお》いが、人々を萎縮させたのだ。

「抵抗しなければ危害は加えない！　止まれ！」

青年が再び絢穂《あやほ》に警告する。彼の言葉は裏を返せば、抵抗するなら手荒な真似《まね》も辞さない、ということだ。そのことに気づいて、絢穂《あやほ》の足が止まった。恐怖で、これ以上は走り続けることができなかったのだ。

絢穂《あやほ》が立ち止まったことで、青年はどこかホッとしたような表情を浮かべた。

行く手を遮るように絢穂《あやほ》の前に回りこみ、怯《おび》える絢穂《あやほ》に向かって手を伸ばす。

そんな青年のすぐ隣に、しなやかな影が音もなく現れた。艶《つや》やかな褐色の肌を持つ、長身の女性。ファッションモデルのような容姿の美女である。

驚く青年が振り返る前に、女性の掌底《しょうてい》が青年の顎をとらえていた。

バランスを崩した青年の膝の裏にローキックを叩《たた》きこみ、倒れこむ彼の側頭部を蹴りつける。

息つく間もない一瞬の出来事だ。

攻撃された青年は、抵抗もなく地面に転がって動きを止めた。たとえ意識が残っていても、しばらくは立ち上がることもできないはずだ。

「パオラさん！」

「伏せて、絢穂《あやほ》」

ギャルリー・ベリトの戦闘員《オペレーター》――パオラ・レゼンテが、淡々と告げながら拳銃を抜いた。ボディアーマーを装着した相手にも、それなりのダメージを与えうる四十五口径の大型拳銃だ。

「パオラさん、どうしてここに⁉」

「絢穂《あやほ》には監視端末《トラッカー》をつけてある。位置情報や心拍数をモニターして、異変が起きたらすぐに助けにいけるように」

「えっと……それは……ありがとうございます？」

絢穂《あやほ》は歯切れの悪い口調で感謝を告げた。プライバシーの侵害ではないか、と思いつつも、実際にそれで助けてもらったのだから文句が言えなかったのだ。

絢穂《あやほ》を追いかけてきた男たちが、パオラに拳銃を向けられて足を止めた。

遮蔽物を探しつつ、咄嗟《とっさ》に銃を抜こうとした時点で、彼らが相応の戦闘訓練を受けた人間であることがよくわかる。だからこそパオラは彼らに容赦しなかった。

躊躇《ちゅうちょ》なく発砲された弾丸が男たちを襲い、彼らを無造作に打ち倒す。派手な銃声のわりに飛び散った血液が少ないのは、パオラが非殺傷性の弾丸を使っているせいだろう。

それでも街中で突然起きた銃撃戦に、周囲の通行人たちが悲鳴を上げて逃げ始める。すぐに警官が押し寄せてきて大騒ぎになるのは間違いない。

てっきりパオラは絢穂《あやほ》を連れて、この場を立ち去るかと思われた。

しかし彼女は警戒を解こうとはしなかった。

素早く拳銃の弾倉を抜いて、新たな弾倉と入れ替える。非殺傷性のゴムスタン弾から、殺傷力の高い狩猟用のホローポイント弾に切り替えたのだ。

そのことに困惑を覚えた絢穂《あやほ》だが、パオラの行動の理由はすぐにわかった。

絢穂《あやほ》たちの周囲を取り囲むように、奇妙な影が現れたからだ。

建物と建物の隙間の狭い路地から、あり得ないほど巨大な怪物たちがのっそりと歩み出る。

その数は全部で七体ほど。シルエットは犬や狼《おおかみ》に似ているが、それぞれの背中には翼竜に似た巨大な翼が生えていた。

そしてこの世のものならざるような、尋常ではない気配を撒《ま》き散《ち》らしている。

そのようなおぞましい怪物の名前を、絢穂《あやほ》たちは知っていた。

「魍獣《もうじゅう》……？　なんで……いなくなったはずなのに……！」

恐怖に震える声で、絢穂《あやほ》が呻《うめ》いた。

その直後、怪物たちは一斉に、耳をつんざくような雄《お》叫《たけ》びを上げたのだった。

4

最初に動いたのは、パオラだった。

正面にいる怪物を目がけて、わずか数メートルの距離から拳銃を連射する。

だが、放たれた銃弾が怪物を貫くことはなかった。油膜のような虹色の光沢に覆われた怪物の表面が、銃弾を音もなく弾《はじ》き飛《と》ばしたからだ。

それは異様な光景だった。

銃弾を撥《は》ね返《かえ》したというよりも、触れなかったという印象に近い。パオラの銃弾はたしかに怪物に命中した。しかし怪物に干渉することはできなかった。混じり合わない水と油のように、怪物と銃弾は互いに接触することなく反発し合ったのだ。

「魍獣《もうじゅう》じゃ……ない？」

反撃に転じた怪物の攻撃を、パオラは自ら地面に転がることで回避した。

そして至近距離から再び拳銃を発砲する。

しかし結果は同じだった。銃弾は怪物の表面で滑るように角度を変えて、そのまま明後日《あさって》の方角へと飛び去ってしまう。

為《な》すすべもなく逃げ惑うパオラを目がけて、新たな怪物が襲いかかった。

パオラの攻撃が通用しないからといって、とは怪物の攻撃がパオラに効かないとは限らない。実際、怪物の爪に薙《な》ぎ払《はら》われたアスファルトは、深々とえぐり取られている。前後二体の怪物に挟まれたパオラが、ほんのわずかに口元を歪《ゆが》めた。体勢を崩した今の彼女では、次の攻撃を避けきれないと気づいたからだ。

「パオラさん、よけて！」

祈るように両手を握り合わせて、絢穂《あやほ》が叫ぶ。

その瞬間、パオラの足元の地面に異変が起きた。アスファルトの歩道が砕け散り、銀色に輝く金属結晶が無数の刃《やいば》となって地面から生えたのだ。

大地に含まれる金属を自在に操る神蝕能《レガリア》——【剣山刀樹《けんざんとうじゅ》】。山の龍《ヴァナグロリア》の権能だ。

絢穂《あやほ》の神蝕能《レガリア》によって生み出された金属の刃《やいば》が、極彩色の怪物を刺し貫く。

全身を無数の刃《やいば》に斬り裂かれて、怪物たちが絶叫した。それまでいかなる攻撃をも受けつけなかった怪物が、初めて苦痛を訴えたのだ。

「やった……」

神蝕能《レガリア》を三年ぶりに発動したことで、絢穂《あやほ》は激しい脱力感に襲われた。

ほかの怪物たちへの警戒が緩んでしまったのは、そのことと無関係ではないだろう。

「絢穂《あやほ》！」

パオラが緊迫した声で絢穂《あやほ》に警告した。

そのときには怪物はすでに絢穂《あやほ》に向けて襲いかかっていた。突然現れた極彩色の巨体を目にして、絢穂《あやほ》の意識は真っ白になる。

神蝕能《レガリア》を発動する余裕はなかった。ただ目の前に迫ってくる牙に目を奪われて、絢穂《あやほ》は呆然《ぼうぜん》と立《た》ち竦《すく》む。

そんな絢穂《あやほ》の眼前を、銀色の光条が走り抜けた。

銀光の正体は、一振りの刀だった。刃渡り二メートルを超える長大な鉄刀だ。

刀を構えているのは、フードを被《かぶ》った青年。確実に意識を刈り取るほどのダメージを受けていたにもかかわらず、彼は平然と立ち上がって刀を振ったのだ。

斜めに断ち切られた怪物の巨体が、ずるり、と二つに分かれて地面に落ちた。そのまま蒸発するように溶けていく。銃弾すら効かない怪物を、青年の刀はあっさりと断ち切ったのだ。

「あ、あなたは……」

地面にへたりこんだ絢穂《あやほ》が、青年を呆然《ぼうぜん》と見上げた。

「そのまま動かないで」

フードを着た青年が、落ち着いた口調で絢穂《あやほ》に告げる。威圧感のない静かな声だった。

そしてどこか聞き覚えのある声だ。

絢穂《あやほ》を包囲していた怪物は全部で七体。そのうちの三体は絢穂《あやほ》と青年が倒したが、まだ半分以上が残っている。しかし青年の表情からは、焦《あせ》りも恐怖も感じられない。

「【天翔門《タラリア》】――」

静かに呟《つぶや》く青年の姿が、絢穂《あやほ》の知る鳴沢八尋《ナルサワヤヒロ》という少年の姿と重なった。

青年が無造作に刀を振る。

極彩色の怪物たちは、まだ刀が届く距離ではない。にもかかわらず、青年が刀を振り終えたとき、四体の怪物たちのすべてが真っ二つに斬り裂かれていた。

彼の剣閃《けんせん》は、空間を飛び越え、物理法則を無視して怪物たちを斬ったのだ。

「神蝕能《レガリア》……」

絢穂《あやほ》が驚きに目を見開く。

本来なら、彼がパオラの攻撃からあっさりと立ち直った時点で気づくべきだった。

巨大な刀を触媒にして、神蝕能《レガリア》を操る。その青年の行為が、彼の正体を雄弁に物語っていた。

彼は不死者《ラザルス》。ヤヒロと同じ、龍の巫女《みこ》の加護を受けた存在だ。

「どうして……」

絢穂《あやほ》はようやくそれだけを口にする。

なぜ、今になって新たな不死者《ラザルス》が現れたのか。

なぜ、その不死者《ラザルス》が自分の前に現れたのか。

なぜ、彼は魍獣《もうじゅう》もどきの怪物から自分を救ってくれたのか。

あまりにも多くの疑問が一度に押し寄せてきて言葉にならない。

そんな中、刀を鞘《さや》に収めた青年が、座りこんだままの絢穂《あやほ》に近づいてくる。

「絢穂《あやほ》から、離れて」

パオラが青年に拳銃を向けて高圧的に命じた。

しかし青年は、パオラの警告を無視して絢穂《あやほ》へと手を伸ばす。

不死者《ラザルス》である彼に銃は効かない。銃弾で彼を殺すことはできないのだ。

「──開け、【天翔門《タラリア》】」

絢穂《あやほ》の二の腕を無理やりつかんで、青年が神蝕能《レガリア》を発動する。

その直後、絢穂《あやほ》の視界は歪《ゆが》んだ。強烈な浮遊感に襲われて、意識が遠のく。

絢穂《あやほ》が最後に目にしたのは、凄《すさ》まじい速度で遠ざかっていくパオラの姿だ。

その日、レリクト適合者《デイザーバー》・佐生《さしょう》絢穂《あやほ》は、見知らぬ不死者《ラザルス》に拉致《らち》されたのだった。

5

「はあー……いいお湯だねえ……」

長い髪をタオルでまとめた彩葉《いろは》が、温《ぬる》めのお湯に身体《からだ》を沈めて深々と息を吐く。

ヤヒロが自然石を積み上げて造った浴槽は広く、二人で入ってもまだまだ余裕だ。彩葉《いろは》は両脚を伸ばしただらしない姿勢で、とろけたような無防備な表情を浮かべている。

そんな開けっ広げな彩葉《いろは》の姿を、エリは無言で見つめていた。

彩葉《いろは》がご満悦といった雰囲気を漂わせているのは、エリの髪や身体《からだ》を隅々まで洗った満足感に浸っているからだ。お風呂《ふろ》の嫌いな大型犬の面倒を見てやったような気分なのだろう。

最初は怯《おび》えて抵抗していたエリも、最後は諦めたのか、彩葉《いろは》の為《な》すがままになっていた。

それもあってご機嫌な彩葉《いろは》とは対照的に、エリはどこかぐったりとした様子である。

しかし、そうやって強引に世話を焼いた甲斐《かい》があったのか、彩葉《いろは》に対するエリの態度に少しだけ変化が生じていた。少なくとも出会った直後のような、彩葉《いろは》に対する無条件の恐怖心は薄れているようだ。だからといって彩葉《いろは》に対する警戒が緩んだわけではないのだが。

「あ、あの……龍の巫女《みこ》、様……質問してもいいでしょうか……？」

「その龍の巫女《みこ》って言うの、やめない？　彩葉《いろは》でいいよ」

リラックスした姿勢のまま、彩葉《いろは》が言う。

エリは表情を変えないまま、それでも少しだけ警戒を緩めたようだった。くつろぎまくっている彩葉《いろは》の前で、怯《おび》え続けるのが虚《むな》しく思えてきたのかもしれない。

「……彩葉《いろは》さん……あなたの望みはなんなのですか？」

「私の今の望みは、エリちゃんと仲良くなることだけど。お願い聞いてくれるの⁉　いいの⁉」

がばりと身体《からだ》を起こして、彩葉《いろは》がエリに詰め寄った。

その勢いに圧倒されて、エリは思わず後ずさる。

「そ、そのようなことをしてなんの意味があるのですか……？」

「そんなの楽しいからに決まってるでしょ。わたし、弟妹《きょうだい》がいるんだよ。今は離れてて会えないんだけどね、みんなすごくいい子なの。あの子たちが小さいころは、よく一緒にお風呂《ふろ》入ったなー……エリちゃんといると、そのときのことを思い出すんだよね。ああ、でも、凜花《りんか》にはよく怒られたなー。あの子はスキンケアにはうるさいから。おかげで私の今の美肌があるわけですよ。あとでエリちゃんにもやってあげるね。スキンケアとマッサージ」

「……だ、大丈夫です」

早口でまくし立ててくる彩葉《いろは》に、エリはかろうじてひと言だけ返した。

その返事を肯定だと解釈したのか、彩葉《いろは》はエリの身体《からだ》に馴《な》れ馴《な》れしくぺたぺたと触れてくる。

「うーん、でもエリちゃんの肌も綺麗《きれい》だね。スタイルもいいし、でもちょっと細すぎるかな。髪の毛は柔らかいね。赤ちゃんみたい。そういえばずっと気になってたんだけど、この背中の模様って生まれつき？　傷、じゃないよね？　タトゥーってわけでもなさそうだけど」

エリの背中に触れながら、彩葉《いろは》が訊《き》いた。

透きとおるように白いエリの肌。その肩甲骨《けんこうこつ》に沿うようにして、細いアザのような模様が走っている。美しい真珠貝の内側を思わせる銀色のアザだ。

左右対称のそのアザは、まるで翼を引きちぎったあとの傷跡のようにも見えた。

「……わ、私の質問に答えてください……」

彩葉《いろは》の問いかけをはぐらかすように、エリがどこか必死に告げた。

「質問って？」

「あなたがこの世界を創《つく》った理由です……」

「え……と、どういう意味？」

「世界龍《ウロボロス》の巫女《みこ》になった彩葉《いろは》さんには、どんな望みでも叶《かな》えられたはずです。それなのに、あなたは古い世界の存続を願った……その目的を聞かせてください」

エリが彩葉《いろは》を正面から見つめた。彩葉《いろは》は困ったように小さく首を傾ける。

「目的と言われてもよくわからないけど、今のこの世界が私の願いだよ」

「そんなことはないはず、です……叶《かな》えたい願いのない人間が、世界龍《ウロボロス》の巫女《みこ》になることはあり得いのですから……」

「あー……それは丹奈《にな》さんにも言われたな。わたしは空《から》っぽなんだって」

彩葉《いろは》は懐《なつ》かしそうに目を細めて微笑《ほほえ》んだ。

単なる自虐や開き直りではない、謎の自信に満ちた力強い表情だ。

「でもね、それでいいんだよ。ヤヒロはわたし一人の願いなんかじゃなくて、世界中みんなの願いを叶《かな》えるの。だってそのほうがきっと楽しいし」

「……楽しい、ですか？」

彩葉《いろは》の言葉に、エリは不意を衝《つ》かれたようにきょとんと目を瞬《またた》いた。

「世界龍《ウロボロス》が世界を維持する力の源は、龍の巫女《みこ》の願いなんでしょう？　だけど、わたしは空っぽの龍の巫女《みこ》だからね。そんなわたしの願いなんかじゃ、世界を長持ちさせることなんてできないよ」

そう言って彩葉《いろは》は堂々と胸を張る。

「それよりも、みんなから少しずつ願いをわけてもらったほうがいい。それなら、きっとこの世界は終わらずにずっと続くから。もしそれで世界がダメになったとしても、わたし一人の責任じゃないからね」

「それでは、あなたの願いは叶《かな》わないと思うのですが」

「そんなことないよ。願いなんて、自分の力で叶《かな》えるものでしょ？」

彩葉《いろは》はあっけらかんとした口調で言い切った。

エリは驚きの瞳で、彩葉《いろは》を見つめる。彼女はなにか言おうとして、その言葉を呑《の》みこんだ。

そして次の瞬間、ビクッと怯《おび》えたように肩を震わせた。

「……来ました」

浴槽の中で立ち上がったエリが、表情を険しくして海岸のほうへと視線を向けた。エリが流れ着いたあの海岸の方角だ。

「エリちゃん？　来たって、なにが？」

彩葉《いろは》が驚いたようにエリを見上げた。しかしエリは彩葉《いろは》の質問に答えない。

「ヤヒロさんが、危ない」

「え？　ちょっ……どこ行くの⁉」

風呂場《ふろば》から出て行くいくエリを見て、彩葉《いろは》がギョッと目を剝《む》いた。

エリが、裸のまま海岸に向かおうとしていることに気づいたからだ。

「待って、エリちゃん！　服！　服は⁉」

彩葉《いろは》も慌てて浴槽から飛び出した。頭に巻いていたタオルを解き、エリを追って走り出す。

6

「ヤヒロさん！」

パンを焼くための石窯に薪をくべていたヤヒロは、名前を呼ばれて顔を上げた。

声の主はエリだった。駆け寄ってくる彼女の姿を見て、ヤヒロは頭痛に襲われたように顔をしかめる。

エリが着ているのは、彩葉《いろは》から借りたTシャツだけ。彩葉《いろは》に比べたら小柄なぶん、かろうじて太腿《ふともも》あたりまでは隠れてはいるが、下着すらつけていないのがバレバレだ。

おまけにそのTシャツもびしょ濡《ぬ》れで、素肌にぴったりと貼りついている。どうやら温泉から出たあと身体《からだ》も拭かずに、無理やりTシャツだけ身につけて来たらしい。

「エリちゃん、待って！　なにがあったの⁉」

少し遅れて、彩葉《いろは》がエリを追いかけてくる。

彩葉《いろは》が身につけているのもタンクトップとパンツだけ。下着を着けているぶんエリよりマシだが、タンクトップの丈が短いせいで、こちらのほうが扇情的といえなくもない。

「おまえら……なんて恰好《かっこう》してるんだ」

「わたしはこれでも頑張ったんだよ！　裸で出ていこうとしたエリちゃんに、なんとかTシャツだけは着せたんだから！」

呆《あき》れ顔《がお》で二人の服装を咎《とが》めるヤヒロに、彩葉《いろは》が唇を尖《とが》らせて言い訳する。

自分が下着姿でうろついていることについては、特に気にしてはいないらしい。水着とたいして変わらないという感覚なのだろう。

ヤヒロたちがそんな会話を交わしている間、エリは無言で海岸の方角を睨《にら》みつけていた。

時刻は間もなく夕暮れだ。水平線に近づいた太陽が空を赤く染め、雲間が金色に輝いている。

その光景は、エリが最初に現れた日のことを否応《いやおう》なしに連想させた。

夕凪《ゆうなぎ》の時刻が近づいて、風が止《や》む。

そしてヤヒロたちも異変に気づいた。

空が光った。

稲妻に似た閃光《せんこう》が海面へと垂直に降り注ぎ、轟音《ごうおん》が大気を震わせた。

それは空間が裂ける音だった。

島を取り囲む結界が破れて、その裂け目からなにかが次々に這《は》い出《だ》してくる。

厚みを持たない影のような姿の怪物だ。

油膜のような虹色の光沢が全身を覆って、怪物の正確な姿はよくわからない。

猛禽《もうきん》のような翼と脚、そして人型の胴体がかろうじて判別できるだけである。

怪物の翼長は四、五メートルほど。神話に出てくる妖鳥のような輪郭。そのような怪物の存在をヤヒロたちは知っていた。

「魍獣《もうじゅう》が……なんで……」

「違います。あれは人から生み出された怪物ではありません」

愕然《がくぜん》と呟《つぶや》くヤヒロに、エリが告げた。

ヤヒロと彩葉《いろは》がエリを見る。

エリがあの極彩色の怪物の素性を、迷いなく断言したことに驚いたのだ。

「あれは、天使です。私たちの世界の創造主《かみ》によって生み出された――」

「私たちの世界って……じゃあ、おまえは……」

「よけて！」

まるでここではない別の世界から来たみたいではないか、と言いかけたヤヒロの言葉を、エリが突き放すように遮った。

虹色の光沢に包まれた怪物が、ヤヒロを目がけて襲ってくる。

その攻撃を防いだのは、エリだった。

高速で飛来する怪物の正面に飛び出した彼女は、素手で怪物の鼻面《はなづら》を殴りつける。

鮮血の代わりに、どす黒い瘴気《しょうき》が飛び散った。

怪物を殴りつけたエリの右手に、鋭い鉤爪《かぎづめ》が生えていた。彼女の右腕の手首から先が、猛禽《もうきん》の脚に似た猛々《たけだけ》しい姿へと変わっていたのだ。

エリの背中が発光し、巨大な翼が出現する。

螺鈿《らでん》細工のように光輝く、銀色の羽毛に覆われた翼だ。

その翼を大きく羽ばたかせ、エリが空へと舞い上がる。そして彼女は極彩色の怪物たちへと、空中から猛然と襲いかかった。

「なに……なにが起きてるの……」

彩葉《いろは》が呆然《ぼうぜん》と呟《つぶや》いた。

状況が理解できずにいるのは、ヤヒロも同じだ。

今のエリの姿は、まるでセイレーンだ。

あるいは、彼女こそが天使に見える。

宗教画で描かれる天使のような姿へと変わったエリが、魍獣《もうじゅう》もどきの妖鳥たちと戦っている。

予期せぬ出来事に、ヤヒロの理解が追いつかない。

ヤヒロたちが当惑している間にも、エリと怪物の争いは続いていた。

しかしエリの力は圧倒的で、対等の戦闘と呼べるものではなかった。むしろ一方的な蹂躙《じゅうりん》だった。空間の裂け目から押し寄せてきた十数体の妖鳥を、エリは危なげなく次々に屠《ほふ》っていく。


それから一分と経《た》たないうちに、戦いは終わった。

銀色の翼を実体化させたエリが、すべての怪物たちを全滅させて地上へと降りてくる。

砂浜に着地したエリのもとへと、ヤヒロと彩葉《いろは》は慌てて駆け寄った。

「駄目です！　来ないでください！　まだ、終わっていませんから……」

翼を広げたままのエリが、ヤヒロたちに警告する。

彼女の言葉が終わる前に、再び雷鳴のような轟音《ごうおん》が世界を揺るがした。

虚空《こくう》に浮かび上がった結界の裂け目から、新たな影が現れる。

「な……」

ヤヒロの口から、呟《つぶや》きが洩《も》れた。

新たに出現したのは、三体の天使たちだった。エリの言葉を鵜呑《うの》みにしたわけではないが、天使という言葉以外では、彼らの姿を説明することができなかったのだ。

「まさか、そんな……本当に天使なのか……」

銀色の翼を広げた半人半鳥。今のエリに似ているが、違っている点が二つある。

一つは彼らが男性型であること。そしてもう一つは、彼らが全身を覆う甲冑《かっちゅう》と、光り輝く槍《やり》で武装していたことだ。

「……エ……リ……！」

武装した天使が、エリを見下ろして咆吼《ほうこう》した。

金属がこすれ合うような耳障《みみざわ》りな雑音。だが、それは間違いなく天使の声だった。

彼らが操っているのは、ヤヒロたちの知らない言語だ。しかし、その声に籠められている意味はわかる。彼らはエリを罵っているのだ。裏切り者を糾弾するかのように——

「ヤヒロさんっ！」

「なにっ……⁉」

エリがヤヒロに警告した直後、武装した天使が急降下を始める。

その天使が自分を狙っていることに気づいて、ヤヒロは呻《うめ》いた。

相手は全身鎧《よろい》と槍《やり》による完全武装。おまけに飛行能力も持っている。

対するヤヒロは丸腰だ。

だが、それほどまでに有利な状況にもかかわらず、天使たちはどこか追い詰められたような悲愴《ひそう》感を漂わせていた。

「ちっ」

上空から襲いかかってくる天使を見上げて、ヤヒロは舌打ちした。

空を飛ぶ天使との戦いは、当然だがヤヒロの専門外だ。そもそも自分が、なぜ天使などという存在に命を狙われているのかもわからないのだ。

だが、ヤヒロの葛藤が続いたのは、それほど長い時間ではなかった。

銀色の翼を広げたエリが横から飛びこんできて、降下中の天使を打ち落とす。

完全武装の天使と比較しても、エリの戦闘能力は引けを取るものではないらしい。

彼女の鉤爪《かぎづめ》に深々と腹を抉《えぐ》られた天使が、光の破片を散らしながら霧散する。

「エリミエエエエエル……！」

仲間を失った天使のうちの一体が、怒声を撒《ま》き散《ち》らしながらエリを攻撃した。

天使が構えた槍《やり》の先端から、稲妻に似た青白い閃光《せんこう》が放たれる。

その閃光《せんこう》は地上へと降り注ぎ、ヤヒロたちの島のあちこちで巨大な爆発を引き起こした。

武装した天使に飛行速度で勝るエリだが、絶え間なく放たれる閃光《せんこう》をかわすのに精いっぱいで、反撃に転じることができない。

残る天使の一体が、その間にヤヒロのほうへと舞い降りてくる。

それがエリを動揺させた。咄嗟《とっさ》に反転してヤヒロを庇《かば》おうとするが、そのせいで彼女に隙が生まれた。そんな彼女を敵は見逃さなかった。

無理な旋回で速度の落ちたエリを、天使の放った閃光《せんこう》がとらえる。咄嗟《とっさ》に両腕を交差させて防ぐエリだが、彼女のダメージは決して軽くない。

大きく体勢を崩したエリに向けて、武装した天使が突っこんでいく。彼女に確実にとどめを刺すつもりなのだ。

「ヤヒロ――」

静かな声が耳元で聞こえた。いつの間にかヤヒロの隣に立っていた彩葉《いろは》が、どこか超然とした表情で、二体の天使を見上げている。

「もういいよ、ヤヒロ」

彩葉《いろは》がヤヒロの肩に触れる。

彼女の口元に浮かんでいるのは微笑。寂しげな笑みだ。

「わたしの我《わ》が侭《まま》につき合わせてごめんね。エリちゃんを、助けてあげて」

「……それがおまえの望みなんだな」

ヤヒロが彩葉《いろは》と目を合わせて確かめる。

彩葉《いろは》は迷いなくうなずいた。ならいい、とヤヒロは晴れやかに笑う。

武装した天使がヤヒロと彩葉《いろは》を目がけて、槍《やり》を構えて突っこんでくる。

しかしヤヒロはそんな天使を、冷ややかに見返して呟《つぶや》いた。

「焼き切れ――」

その瞬間、世界の色が変わった。

空と大地が灼熱《しゃくねつ》の深紅に染まり、海は燃え盛る炎となって渦を巻く。

熔岩《ようがん》のように粘性の高い炎が、ヤヒロに襲いかかろうとした天使を呑《の》みこんだ。

全身を覆う鎧《よろい》ごと焼き尽くされて灰になり、天使は跡形もなく消滅する。自分の身になにが起きたのか、最後まで理解できなかったはずである。

炎に巻きこまれていたのは、エリと戦っていたもう一体の天使も同様だった。

灼熱《しゃくねつ》の閃光《せんこう》が無数の槍《やり》となり、天使の肉体を四方から刺し貫く。

この世界のすべてが自分たちの敵に変わった——その事実を果たして彼らは気づいただろうか。

「アワリティアァァァァ！」

天使が憎悪《ぞうお》に満ちた咆吼《ほうこう》を上げた。だが、それだけだ。天使の断末魔の絶叫は、爆炎の中に呑《の》みこまれ、静寂だけが残される。すべては一瞬の出来事だった。

ヤヒロが、小さく息を吐く。

そのときには、世界を覆い尽くしていた炎は消えていた。

白い砂浜も、凪《な》いだ海面も、夕映えの空も、すべて元の姿へと戻っている。

「相変わらず馬鹿げた力だな……」

自嘲するように呟《つぶや》いて、ヤヒロは気怠《けだる》げな溜息《ためいき》を吐き出した。

今のヤヒロは、世界龍《ウロボロス》の力を宿した不死者《ラザルス》だ。この世界を生み出した先代の世界龍《ウロボロス》の力を受け継いだことで、ある意味では神に等しい力を持っている。

その力を使えば、エリが天使と呼ぶ存在を簡単に倒せることはわかっていた。

だが、その力は代償を伴っている。

神に等しい力を使う者は、人のままではいられない、ということだ。

「ヤヒロさん……」

地上に降りたエリが、悄然《しょうぜん》とした態度でヤヒロに近づいてくる。

彼女が落ちこんでいるように見える理由は、自分の正体を隠していたという後ろめたさだろう。あるいは、ヤヒロを守ると言いながら守り切れなかったことに対する自責の念もあるのかもしれない。どちらにしてもヤヒロにはどうでもいいことだ。

「無事か、エリ?」

天使との戦いで傷ついたエリに、ヤヒロが呼びかけた。

エリは無言で首肯する。さすがに彼女のTシャツはボロボロだが、エリ自身の負傷はたいしたことはないらしい。彼女の背中には真珠貝の光沢を思わせる銀色の翼が今も広がったままだ。

「ヤヒロさん……なんですか……?」

「ああ、これか。せっかく成長したのに、またやり直しだな……」

自分の身体《からだ》を見下ろして、ヤヒロは投げやりに首を振った。

ヤヒロの身体《からだ》は、十七歳当時まで若返ってしまっていたからだ。

「世界龍《ウロボロス》の力を引き継いだ俺と彩葉《いろは》は、老化しないんだ。いわゆる生物という枠組みからはみ出してしまったってことなんだろうな。龍の力を封じている間は成長するし、年も取るんだが、力を解放した途端にこのザマだ」

「せっかく大人のいい女に近づいたと思ったのに……」

ヤヒロ同様に成長をリセットされた彩葉《いろは》が、しゅん、と肩を落として力なく笑う。

劇的に身長が伸び縮みするような年齢ではないが、十代後半から二十歳にかけての変化は、決して小さなものではない。今の彩葉《いろは》は若返ったというよりも、幼くなったという印象だ。

ヤヒロたちが不死者《ラザルス》の力を出し惜しんでいたのは、単純にこの変化を嫌ってのことだった。自分たちが普通の人間と同じ時間を生きられないという事実を、否応《いやおう》なく思い知らされてしまうからだ。

「私は……ヤヒロさんを守れなかったのですね……」

エリが後悔しているような口調で言って、唇を噛《か》む。

武装した天使の攻撃によって、島のあちこちが破壊されていた。ヤヒロと彩葉《いろは》が育てていた作物にも、少なくない損害が出ているはずだ。

「気にしないでいいよ。べつにエリちゃんのせいじゃないし」

「そうだな。それにこれだけの騒ぎが起きた以上、すぐにお迎えが来るだろ」

「……迎えですか？」

「ああ」

怪訝《けげん》な表情で訊《き》き返《かえ》すエリに、ヤヒロは頼りなく苦笑した。エリ自身も含めた天使とやらの存在を、彼女たちにどうやって説明したものか、と想像するだけで頭が痛い。

サンゴ質の白い砂浜を踏みしめるサクサクとした足音が、風に乗って聞こえてきたのはそのときだ。少し離れた入り江の方角から、小柄な人影が近づいてくる。

遠目には見分けがつかないくらいに、よく似たシルエットの二人組だ。

思いがけない来訪者に気づいて、彩葉《いろは》はにこやかに目を細めた。

「噂《うわさ》をすれば、影ってやつだね」

「早すぎだ。いくらなんでも張り切りすぎだろ、おまえら」

ヤヒロが来訪者の二人に呼びかける。

近づいてきたのは、双子の女性だ。そっくりな顔をした東洋系の美女である。

彼女たちが着ているのは、絶海の孤島には似合わぬタイトスカートの洗練されたスーツ。まだ十代の後半という若さながら、大企業の経営者のような風格を漂わせている。

そしてその印象は間違っていない。彼女たち姉妹は今や世界有数の武器商人。兵器商ギャルリー・ベリトの筆頭株主にして最高経営責任者なのだから。

「あなたに会いたくて来たのだと思われたのなら、心外ですね」

双子の妹のロゼッタ・ベリトが、たいした感慨もなさそうな口調で冷たく告げた。

「別の用事があったんだけど、ちょうどいいタイミングだったかな」

破壊された島の風景を見回して、双子の姉のジュリエッタ・ベリトが不敵に笑う。

彼女たち二人の容姿は、三年前とあまり変わっていない。前髪に入ったそれぞれのメッシュの色も、昔と同じ青とオレンジだ。

ただ髪の長さはだいぶ伸びた。それもあって雰囲気はだいぶ違う。成長をリセットされた今のヤヒロたちから見れば、大人びて見えて正直うらやましい。

そんな双子が、ヤヒロの背後に立つエリへと鋭い視線を向けた。

「天使とお話しする機会なんて、たぶん滅多にないだろうしね」

銀色の翼を持つ少女は、そんな双子を少し困ったような無表情で見返していたのだった。

第三幕　オルタナティブ・ラザルス

THE HOLLOW REGALIA

CHAPTER.3

1

名もなき島の奥まった入り江に、一隻の船が停泊していた。

巨大な鯨を思わせる、黒い葉巻型の船体。全長百メートル近い大型の潜水艇である。

船名は〝玉衡《アリオト》〟――兵器商ギャルリー・ベリトが保有する、唯一の商用潜水艇だ。

かつての日本政府が海上自衛隊用に建造中だった通常動力型潜水艦を、大殺戮《ジエイノサイド》のどさくさに紛れてギャルリーが接収。そのまま自社の輸送艇として使っているらしい。

「この島にはしばらく戻れないかもしれないから、忘れ物のないようにね」

木々で隠されていた上陸用のタラップを渡りながら、ジュリがヤヒロたちに忠告する。

ヤヒロと彩葉《いろは》が暮らしていた島は、周長三キロメートル足らず。二人で住むには充分な広さだが、食料や生活用品のすべてを自給するには狭すぎる。

そこで二カ月に一度ほど、ギャルリー・ベリトはこの潜水艇を使って、ヤヒロたちに生活物資を届けていた。彩葉《いろは》が通販で買った商品などを届けてくれるのも、この艇《ふね》だ。

「あまり長く放置するとログハウスが傷むから、そうなる前に帰ってきたいんだが」

「それは、そこの天使ちゃんに事情を聞いてみないとなんとも言えないかな。この島の位置を知られたまま、ヤヒロたちをここに置いておくわけにはいかないからね」

ヤヒロの背後に隠れているエリを眺めて、ジュリが言う。

修道服風のワンピースに着替えたエリが、ビクッと怯《おび》えたように肩を震わせた。彼女の背中の翼はもちろん消えており、今のエリはどう見てもただの臆病な見習い修道女だ。

「あの……ヤヒロさん……私はどこに連れて行かれるんでしょうか？」

エリが悲観したような口調でヤヒロに訊《き》く。

唐突にやってきた見知らぬ双子が、得体の知れない潜水艇の中へと自分を連れこもうとしているのだ。エリが心細い気持ちになるのも無理はない。たとえ彼女が人外の戦闘力を持っていたとしても、不安になるのは当然だろう。

「心配要らないよ、エリちゃん。この二人はわたしたちの友達だから」

そう言って、彩葉《いろは》がエリの背中を押す。

「と、友達……なのですか？」

「そう。こっちの可愛《かわい》い子がジュリで、そっちの綺麗《きれい》なほうがロゼ。ギャルリー・ベリトって会社のオーナーだよ」

「……あ……う……」

彩葉《いろは》の説明を聞いたエリが、意味がわからない、と目を白黒させながらヤヒロに助けを求めてくる。同じ顔をしている双子に向かって、可愛《かわい》いほうだの綺麗《きれい》なほうだのと言ったところで、見分けがつくはずもない。

「友達というのは、正確ではありませんね。私たちは彩葉《いろは》たちの保護者のつもりなのですが」

ロゼが冷ややかな口調で告げて、そのせいでエリが更に混乱したような顔をする。

ヤヒロはやれやれと息を吐きだした。

「ロゼ、話をややこしくしないでくれ。彩葉《いろは》の言ってることは、だいたい合ってる。俺と彩葉《いろは》は、ギャルリーに協力してもらって、あの島に隠れてたんだ。さすがに龍の巫女《みこ》だの世界龍《ウロボロス》だのってのが、その辺を堂々と出歩くわけにはいかないからな」

「いやー……人気者のつらいところだね」

彩葉《いろは》が、えへへへ、と照れたように頭をかく。

ヤヒロたちが人目を避けるようにして絶海の孤島で暮らしていたのは、単に顔や名前を知られているから、というだけではない。

世界を自在に作り変える世界龍《ウロボロス》の強大な権能。それを悪用しようと考える人間が、自分たちに接触してくることを恐れたのだ。神の領域に足を踏み入れた者は、人間社会に関わるべきではない。それがヤヒロと彩葉《いろは》の決断だった。

意外なことに、ジュリとロゼは、そんなヤヒロたちの考えに理解を示した。

制御不能な世界龍《ウロボロス》の力を利用して計測不能なリスクを負うよりも、ほかの誰にも利用させないことで得られる安全のほうがメリットが多いと判断したのだ。

そして彼女たちが用意したのが、あの名もなき小さな島だった。

世界龍《ウロボロス》の力で張り巡らせた結界によって、島の存在は隠蔽されている。偵察衛星を使っても、ヤヒロたちを見つけることはできない。

生活物資の輸送に潜水艇を使っていたのは、ギャルリー・ベリトの動きから、あの島の位置を特定されないようにするためだ。

そうやって三年近くもの間、ギャルリー・ベリトはヤヒロと彩葉《いろは》の存在を世界中から隠し続けてきたのだった。彩葉《いろは》の弟妹《きょうだい》たちにすら、島の情報を知らせないという徹底ぶりである。

「だからね、天使ちゃんがこの島に現れたのは、うちらとしても見過ごせない問題なんだよね。天使ちゃんが、どうやってヤヒロたちの居場所を知ったのか、ぜひとも聞かせてもらいたいな」

にこやかに微笑《ほほえ》むジュリに睨《にら》まれて、エリが、ひっ、と息を呑《の》んだ。武装した天使と派手な戦闘を演じていた人物とは思えない、臆病な小動物めいた反応だ。

「詳しい話は中で聞きましょう。幸い、時間はたっぷりありますし」

ロゼが平坦《へいたん》な口調で言いながら、潜水艦に乗りこむようにエリを促した。怯《おび》えるエリは、言われるままに潜水艦のハッチをくぐっていく。

多少可哀想《かわいそう》だと思ったが、エリの正体が気になっているのはヤヒロたちも同じだ。エリに対するジュリたちの態度にあえて抗議することもなく、ヤヒロと彩葉《いろは》は潜水艦に乗りこんだ。

衛星などによる監視を逃れるために、〝玉衡《アリオト》〟は潜航したまま一晩かけて、南シナ海にあるギャルリーの拠点へと移動。そこからは飛行機で日本に向かうことになっている。ロゼの言うとおり、エリから話を聞き出す時間が足りなくなるようなことはないだろう。

「それで、きみは何者なのかな、天使ちゃん？　どうやってこの島にヤヒロがいることを知ったの？　あの羽の生えたおっさんたちは何者？」

潜水艇の食堂室に着くなり、ジュリが矢継ぎ早にエリに問いかけた。

エリは圧倒されたように身体《からだ》を小さくする。

「ヤヒロさんは、狙われているんです」

「そうみたいだね」

ジュリがクスクスと笑いながらヤヒロをちらりと見た。ヤヒロは黙って顔をしかめる。

実際に襲撃されたからよくわかる。あの天使と呼ばれる存在は、間違いなくヤヒロの命を狙っていた。彼らはヤヒロを捕らえようとしていたわけではない。実際にそれが可能かどうかは別にして、不死者《ラザルス》であるヤヒロを殺そうとしていたのだ。

「なんであの連中は、俺の命を狙ってたんだ？」

「それはヤヒロさんが不良ひ……特別な世界龍《ウロボロス》だからだと思います」

ヤヒロを不良品だと言いかけたエリが、慌てて誤魔化《ごまか》すように言い直した。

不良品だか特別だかはわからないが、たしかにヤヒロがイレギュラーな世界龍《ウロボロス》であるのは間違いないだろう。それはヤヒロに世界龍《ウロボロス》の力を与えた彩葉《いろは》の願いが、イレギュラーなものだったからだ。

世界を自分の望みどおりに作り変えることができるはずだった世界龍《ウロボロス》の巫女《みこ》。

しかし彩葉《いろは》は、その権利を放棄した。

彼女が望んだのは、世界の存続、それだけだ。

そしてそのために必要なエネルギーを、世界中すべての人間に少しずつ平等に負担させることにした。自分たちが暮らす世界の消滅を、心の底から望んでいる人間など滅多にいない。だからそんな例外的な願いを叶《かな》えることが出来たのだ。

龍の巫女《みこ》の願いによって生み出された世界は、その願いが長い歳月を経て磨《す》り減《へ》って薄れてしまうことで消滅する。

龍の巫女《みこ》の願いが消え去るときが、世界龍《ウロボロス》の寿命なのだ。

そして老いた世界龍《ウロボロス》が寿命を迎えるたびに、次代の龍の巫女《みこ》が召喚されて、新たな世界龍《ウロボロス》を生み出すことになる。世界はそうやって何度も滅びては生まれ変わってきたのだ。自らの尾を喰《く》らう円環の龍《ウロボロス》のように——

しかし彩葉《いろは》のイレギュラーな願いが、そのシステムを破壊した。

世界の存続を願う人々がいる限り、この世界が消滅することはない。

おかげでヤヒロは、世界龍《ウロボロス》としては例外的に無力な存在になった。

無限に近い寿命を持って、この世界の存在を維持するだけ。それが今のヤヒロの役割だ。

もっとも無力というのは悪いことばかりではない。そのおかげでヤヒロと彩葉《いろは》は幽世《かくりよ》に閉じこめられることもなく、この世界を自由に動き回ることができるのだから——

「俺が出来損ないの世界龍《ウロボロス》ってことに文句はないんだが、だからって俺を襲ってくる理由はなんなんだ？」

「規格外の世界は規格外な進化をもたらし、やがて規格外の存在を生み出します。彼らはそれを恐れたのです。自分たちの立場を脅《おびや》かす特別な存在が生まれる可能性を」

ヤヒロの疑問にエリが答えた。その答えにヤヒロは眉を寄せる。

「彼ら？　誰だ？」

「それは……その、なんと言いましょうか……天界の住人、私たちが神と呼ぶ存在、です」

「神様⁉」

彩葉《いろは》が驚いて頓狂な声を上げた。

「そっか……天使ってそういうこと？　じゃあ、エリちゃんも天国から来たの？」

「いえ、私たち冥界監視者の肉体はこの世界で造り出されたものです」

「冥界監視者？」

「はい。この冥界《セカイ》を常に監視して、規格外の世界龍《ウロボロス》が出現したときに速やかにそれを封印する。私たちはそのために用意された人工生命体――道具です」

エリはそう言って目を伏せる。

ヤヒロと彩葉《いろは》は互いの顔を見合わせた。

普通なら信じられる話ではない。天界の神々から送りこまれた、世界を監視するための道具。目の前にいる小柄な少女には似つかわしくない物騒な話だ。ただの妄想にしても突飛すぎる。しかし現実にヤヒロと彩葉《いろは》は、その冥界監視者とやらの襲撃を受けている。エリの証言は無視できない。

「つまりあなたたち冥界監視者は、何百年も前から、世界を監視し続けてきたという理解で合っていますか？」

「は、はい」

淡々とした口調のロゼに訊《き》かれて、エリは慌ててうなずいた。

「過去に何度か世界が滅びても、黙ってそれを見守ってきた、と？」

「そ、そうです……いえ、あの、私たちは普段は仮死状態で休眠しているので、その間の記憶があるわけじゃないんですけど……」

「そして世界龍《ウロボロス》になったヤヒロを危険だと判断して、活動を開始した？」

「あ……う……すみません」

ロゼの迫力に圧《お》されたように、エリがしゅんと項垂《うなだ》れる。

その様子をじっと見ていたロゼは、特に表情を変えることもなく、ふむ、と呟《つぶや》いた。

「テオティワカンという地名に聞き覚えは？」

「え⁉」

ロゼが唐突に告げた地名を聞いて、エリが驚きに目を見張った。

「〝神々の都市《テオティワカン》〟は、休眠中の冥界監視者を封印していた拠点の一つです。世界龍《ウロボロス》を監視するための装置もあの土地に置かれていました」

「なるほど……そういうことでしたか」

「どういうことだ、ロゼ？」

一人で勝手に納得しているロゼを見て、ヤヒロが訝《いぶか》るように首を傾《かし》げた。

ヤヒロも、有名な観光地であるテオティワカン遺跡の存在くらいは知っている。しかしそれが冥界監視者とやらとどう結びつくのかがわからない。

「簡単なことです。あの天使という存在とギャルリー・ベリトが接触したのは、今回が初めてではありません。先週、調査のために派遣した蓮《れん》と凛花《りんか》が、テオティワカンの遺跡で交戦したという報告が上がっています」

「はああっ……⁉」

ロゼの説明を聞いた彩葉《いろは》が、勢いよく立ち上がってロゼに詰め寄った。

「交戦したって、なんで蓮《れん》と凛花《りんか》が⁉　うちの弟妹《きょうだい》になにやらせてくれてんの⁉」

「心配はありません。護衛として瑠奈《るな》とヌエマルをつけておきました。あとジョッシュも」

「そういう問題じゃなくて……！」

「天使などという存在が出てくるというのは、私たちにとっても想定外だったのです。彼らに依頼した本来の役割は、テオティワカンで目撃された魍獣《もうじゅう》らしき存在の調査でしたから」

「魍獣《もうじゅう》の調査……」

彩葉《いろは》の声から勢いが消えた。

消滅したはずの魍獣《もうじゅう》の目撃情報があった。統合体《ガンツァイト》の一員であるギャルリー・ベリトとしては放ってはおけないだろう。

そして魍獣《もうじゅう》の調査のために蓮《れん》たちを派遣したのは、それほどおかしな判断ではない。蓮《れん》や凛花《りんか》は魍獣化《もうじゅうか》現象への耐性を持っているし、仮に魍獣《もうじゅう》に襲われても、瑠奈《るな》とヌエマルがいれば危険はないからだ。

「魍獣《もうじゅう》と天使を誤認した、ってことか」

「そうだね。天使なんて存在に遭ったのはギャルリーとしても初めてだからね」

ヤヒロの言葉を、ジュリが肯定する。

「そのテオティワカンの天使はどうなったんだ？」

「蓮蓮《れんれん》たちが撃退したよ。人工レリクトが役に立ったみたい」

「うちの弟になんてもの使わせてるのよ……」

彩葉《いろは》が、ぷく、と不機嫌そうに頬を膨らせた。弟妹《きょうだい》たちを溺愛する彩葉《いろは》としては、ギャルリーが蓮《れん》たちを危険に晒《さら》したことが許せないらしい。

「おまえらが、俺と彩葉《いろは》を急いで日本に呼び戻そうとしてるのはそれが理由か……？」

ヤヒロがジュリたちを見返して訊《き》いた。

妙にタイミング良くギャルリーの潜水艇が島に現れたことや、急《せ》かすようにしてヤヒロたちを島から連れ出そうとしたこと。なにか裏があるのではないかと思っていたのだが、今の話を聞いて納得できた。天使などという得体の知れない存在が出現した以上、切り札であるヤヒロたちを手元に置いておきたいとジュリたちが考えるのは当然だ。

しかしジュリは、惜しい、と言いたげに首を振る。

「それもあるけど、それだけじゃないんだよね。実は日本にも天使が出現したんだ。襲われたのは、絢穂《あやほ》だよ」

「……は？」

ヤヒロが唖然《あぜん》としたようにジュリを見た。彩葉《いろは》が驚愕《きょうがく》に口をパクパクとさせている。

「絢穂《あやほ》は……絢穂《あやほ》は無事なの!?」

「未確認の新たな不死者《ラザルス》が現れて、襲ってきた天使は撃退した。そこまではわかってる。パオラが確認したからね。でも、絢穂《あやほ》が無事かどうかはわからない」

ジュリが他人ごとのように素っ気なく言った。

「なんで⁉　天使はやっつけたんでしょ⁉」

「絢穂《あやほ》が攫《さら》われちゃったからだよ。正体不明の不死者《ラザルス》にね」

「はああっ⁉」

彩葉《いろは》が絶句して動きを止めた。ヤヒロも声をなくしている。

これまで姿を見せなかった、新たな不死者《ラザルス》。その人物が天使を倒しただけでなく、そのまま絢穂《あやほ》を連れ去ったのだという。

そのことはエリも当然知らなかったらしい。なにが起きているのかわからない、というふうに彼女は所在なげに座っている。

「まあ、日本に着くまでは焦《あせ》っても仕方ないし、とりあえず今日のところは潜水艇の旅を楽しんでよ。狭いところだけど、自分ちだと思ってくつろいで」

動揺するヤヒロたちを微笑《ほほえ》みながら見上げて、ジュリがマイペースに呼びかけた。

「そんな話を聞かされて、くつろげるか……！」

ヤヒロが吐き捨てるように弱々しく言った。

そんなヤヒロたちの重苦しい感情を乗せて、潜水艇〝玉衡《アリオト》〟は暗い海の中を進み続けるのだった。

2

高層ホテルの豪華な一室。革張りのソファに囲まれたガラステーブルの上には、色とりどりの料理の皿が並んでいた。

サラダ、スープ、テリーヌやタルタル、白身魚のパイ包み焼きに、牛ステーキ。ステーキの上にはフォアグラも載っている。それ以外にもパンやデザート類が山のように用意されており、テーブル横のワゴンには高価そうなワインが何本も並んでいた。

「召し上がらないのですか、佐生絢穂《さしょうあやほ》？」

テーブルの正面に座っている白人女性が、硬直している絢穂《あやほ》に尋ねてくる。

二十代後半ほどの、スーツ姿の美女だった。親しげだし丁寧でもあるが、人間らしい温《ぬく》もりを感じさせない人工的な口調だ。

女性のすぐ背後には、フードを被《かぶ》った若い男が忠実な護衛のように立っている。学校帰りの絢穂《あやほ》を攫《さら》った、あの不死者《ラザルス》の青年だ。

そんな青年の顔を、絢穂《あやほ》は無言でじっと見つめた。

見知らぬ場所に連れてこられたという恐怖はある。誘拐されたことに対する怒りもだ。

しかし絢穂《あやほ》は、自分でも不思議なくらいに落ち着いていた。恐怖や怒りを上回る強い想《おも》いが芽生えていたからだ。目の前の青年の正体を暴《あば》くという使命感に似た感情だ。

「この料理はホテルが用意したものですから、心配しなくても危険なものは入ってはいませんよ。本来はコース料理として出すべきメニューなのですが、ルームサービスですからそこは大目に見てくださいね」

「そんなことは最初から気にしてません」

絢穂《あやほ》が刺々《とげとげ》しい口調で言う。自分でも驚くくらい冷たい声が出た。

「それよりも説明してください。ここって外国人向けの高級ホテルですよね？　どうして私をこんなところに連れてきたんですか？」

「この部屋は私たちの誠意だと思ってください」

「誠意？」

「それが必要だったとはいえ、あなたを無理やり連行したのは事実ですから。その謝罪です。私たちがあなたを保護している間、少しでも快適に過ごしてもらえるように」

女は悪びれることもなく優艶《ゆうえん》に微笑《ほほえ》んだ。その身勝手な言い分に、絢穂《あやほ》は苛立《いらだ》つ。

「保護って……どういう意味ですか？」

「あなたも天使の姿を見たのではありませんか？」

「て、天使？」

「翼を持った極彩色の怪物です。あなたはあの怪物たちに狙われていたのです。だから我々はあなたを保護しました。天使に銃や刃物は通用しません。彼らに銃や刃物は効かない。ここにいるシグレ以外に、あなたを守れる者はいませんから」

女の言葉に、絢穂《あやほ》は沈黙した。

あの極彩色の怪物たちが、絢穂《あやほ》を狙っていたというのはおそらく嘘《うそ》ではないだろう。そして、シグレと呼ばれた青年が、怪物たちを倒したのも事実だ。

だが、それだけで目の前の女性を信じることはできない。

誘拐同然に絢穂《あやほ》を拉致《らち》した理由を、彼女はなにひとつ語ってないからだ。

「私が天使に狙われたのは、遺存宝器《レリクト・レガリア》のせいですか？」

冷静に訊《き》き返《かえ》す絢穂《あやほ》を見て、おや、と女は感心したように眉を上げた。

絢穂《あやほ》が、取り乱すことなく相手の説明を受け入れたことを少し意外に思ったのかもしれない。

「そうです。天使は龍因子の持ち主を無差別に襲います。あなたの遺存宝器《レリクト・レガリア》は、いわば彼らを惹《ひ》きつける撒《ま》き餌《え》のようなものなのですよ」

「だからといって、それは私を保護する理由にはなりませんよね？」

「あなた方は何者なんですか？　なんのために私を捕まえたんですか？」

絢穂《あやほ》が落ち着いた声で指摘する。

「ああ、失礼。そういえば自己紹介がまだでしたね」

ふっ、と女が口元を綻ばせた。そしてスーツの胸元にぶら下げていた社員証らしきカードを掲げてみせる。カードには、四つの首を持つ豹《ひょう》のような物騒なロゴマークが描かれていた。

「私はスリア・アルミロン。民間軍事会社キュオスに雇われている戦闘顧問《コンサルタント》です」

「民間軍事会社……」

「ええ。ギャルリー・ベリトの商売敵《しょうばいがたき》ということになりますね」

わずかに表情を硬くした絢穂《あやほ》を見て、女は皮肉っぽく目を細めた。

「佐生《さしょう》絢穂《あやほ》……あなたは世界龍《ウロボロス》と龍の巫女《みこ》——鳴沢《ナルサワ》八尋《ヤヒロ》と侭奈《ままな》彩葉《いろは》がどこにいるのか、知りたいとは思いませんか？」

「彩葉《いろは》ちゃんたちの居場所を知ってるんですか⁉」

絢穂《あやほ》は思わず身を乗り出す。

三年前に幽世《かくりよ》の中へと向かったあと、彩葉《いろは》たちは絢穂《あやほ》たちの前から姿を消した。彩葉《いろは》の動画配信が再開されても、彼女とヤヒロの居場所はいまだに不明のままなのだ。

「彼らは、ギャルリーが保有する西太平洋上の無人島にいます。南国の島でスローライフといえば聞こえはいいですけど、事実上、社会から隔離されて監禁されている状況ですね」

「監禁……じゃあ……」

「ええ。ギャルリーは二人の居場所を知っていて、黙っていたということになりますね。侭奈《ままな》彩葉《いろは》の妹であるあなたにも」

「どうして、そんな……」

絢穂《あやほ》は呆然《ぼうぜん》と首を振った。

スリアの発言が真実だという証拠はない。しかし彼女が嘘《うそ》をついている気配はなかった。すぐにバレてしまうような嘘《うそ》を口にして、絢穂《あやほ》の信用を失うのは彼女の本意ではないはずだ。

「世界龍《ウロボロス》の力をギャルルリーが独占するため、とは思いませんか？」

スリアが挑発的に微笑《ほほえ》んで告げる。

「世界龍《ウロボロス》と化した鳴沢八尋《ナルサワヤヒロ》には、この世界を自由に作り変える力があります。私たちは、ギャルルリー・ベリトがその世界龍《ウロボロス》の権能を、自社の利益のために利用することを恐れています。彼らの暴走を止める力が必要なんです」

「……そのために私を誘拐したんですか？」

「世界龍《ウロボロス》の力は圧倒的で、対抗する手段はありません。ですが、その世界龍《ウロボロス》を操る龍の巫女《みこ》には隙がある。彼女は家族をなによりも大切にしていますから」

そう言ってスリアは、なにかを憂うように目を伏せた。

「そんな侭奈彩葉《ままないろは》の家族の身柄を、ギャルルリーはすべて押さえています。まるで龍の巫女《みこ》に対する人質のように。もしギャルルリーが、あなたたち弟妹《きょうだい》の命を盾になにかを要求したときに、侭奈彩葉《ままないろは》はそれに抗《あらが》えると思いますか？」

「それは……」

絢穂《あやほ》は言《い》い淀《よど》んで唇を噛《か》んだ。

スリアの懸念《けねん》を、絢穂《あやほ》は否定することが出来ない。

彩葉《いろは》は弟妹《きょうだい》たちを守るためなら、どんな無茶でも実行しようとするだろう。絢穂《あやほ》は、そんな姉の性格をよく知っている。

自分たちが彼女に愛されているという事実は誇らしくもあるが、同時にそのことを不安にも思う。彼女が世界を作り変えるほどの力を手に入れてしまった今となっては、尚更《なおさら》だ。

「ご心配なく。キュオスはギャルリーと敵対するつもりはありません。私たちは、ギャルリーが世界龍《ウロボロス》の力を独占しないという保証さえ手に入ればそれでいいのです」

表情を強張《こわば》らせている絢穂《あやほ》を見つめて、スリアは柔らかく笑ってみせた。

「それに私たちキュオスに協力するのは、あなたにとっても有益なはずです。私たちには共通の敵がいるのですから」

「天使……」

「ええ。彼らが龍因子の持ち主を無差別に襲ってくるということは、遺存宝器《レリクト・レガリア》を持つあなただけでなく、ここにいるシグレも襲撃を受ける可能性があるということです。だったら互いに力を合わせたほうがいい。そうは思いませんか？」

じわじわと真綿で首を締めるように、スリアが絢穂《あやほ》を追い詰めてくる。

しかし絢穂《あやほ》はなにも答えられなかった。

スリアの言葉が真実なら、彼女の提案は決して悪い話ではない。絢穂《あやほ》に対する敵意や悪意も感じない。しかし絢穂《あやほ》は、目の前の女性をどこか信用できずにいる。彼女が嘘《うそ》をついていると は思わないが、なにか決定的に重要なことを隠している。本能的にそう感じるのだ。

「返事は今すぐでなくても構いません。ゆっくり考えてください。護衛としてシグレを残しておきますから、なにかリクエストがあれば彼に伝えてくれれば対応します」

絢穂《あやほ》の不信を読み取ったように、スリアはそう言って立ち上がる。

どうやら彼女は絢穂《あやほ》をこの部屋から出すつもりはないらしい。シグレのことを護衛と言ってはいるが、実質、見張りのようなものだろう。

「ああ、それからシグレ。食事の場ではフードは脱ぎなさい。失礼よ」

立ち去る直前、スリアが思い出したように素直にジャケットのフードを脱ぐ。

それまで無言で立ち続けていた青年が、素直にジャケットのフードを脱ぐ。

その瞬間、絢穂《あやほ》は衝撃を受けたように固まった。

シグレと呼ばれていた青年の顔を、絢穂《あやほ》はよく知っていたからだ。

色素の抜け落ちたような真っ白な髪と、額に刻まれた縫い目のような深い傷跡——

それを除けば、その青年は、かつての鳴沢《ナルサワ》八尋《ヤヒロ》と双子のようによく似ていたのだった。

3

「ヤヒロ……さん？」

壁際《かべぎわ》に立ったままの青年を見つめて、絢穂《あやほ》はようやくそれだけを呟《つぶや》いた。

そのときになって絢穂《あやほ》はようやく、スリアが部屋からいなくなっていたことに気づく。シグレの素顔に意識を奪われて、しばらく放心していたらしい。

「あなたは、僕を知っているのか？」

ヤヒロと同じ顔をした青年が、驚く絢穂《あやほ》を興味深そうに見つめている。

絢穂《あやほ》はハッと我に返ると、少し慌てて首を振った。目の前にいる人間に他人の名前で呼びかけるのは、さすがに失礼だと思い至ったのだ。

「ご、ごめんなさい……私が知っているのは、別の人だと思います」

「人違い……ですか……」

シグレが苦笑するように息を吐く。その声には、明らかな落胆の気配が混じっていた。

それに気づいて、絢穂《あやほ》はなぜか言い訳しなければと思ってしまう。

「でも、本当によく似てるんです。髪の色は違いますけど、背格好とか雰囲気とか……顔も」

「そうなんですね」

シグレが丁寧な口調で言った。特に気分を害した様子はない。

「その人のことを詳しく聞かせてくれませんか？　なにかの手がかりになるかもしれないから」

「手がかり？」

彼の不可解な発言に、絢穂《あやほ》は怪訝《けげん》な顔をした。

「ああ、すみません。僕には記憶がないんです。シグレという名前も、彼女――スリアが教えてくれただけで、本当の名前なのかどうかわからない」

「そう……なんですか？」

「ええ、実は。僕が不死者《ラザルス》の力を持っている理由も正直よくわかってなくて」

シグレが自分の右手を見つめて言う。ジャケットの袖口からのぞく彼の手首には、縫い目のような痛々しい傷跡が残っていた。まるで一度ちぎれた肉体を無理やり縫いつけたような跡である。

「ああ、すみません。僕のことは気にせず、食事してください。せっかくの料理が冷めてしまうから」

テーブルの上の料理に目を向けて、シグレが思い出したように微笑《ほほえ》みかけた。

そんな穏やかな彼の態度に戸惑いながら、絢穂《あやほ》は料理とシグレの顔を見比べる。

「よかったら、一緒に食べませんか？　私一人じゃ食べきれそうにないので」

絢穂《あやほ》は、自分の正面の席をシグレに勧めた。

シグレに見られたまま、一人で食事をするのは恥ずかしい。それならいっそのことシグレを巻きこんでしまえばいいと思ったのだ。

あのスリアという女性が見ている前で食事をする気にはなれないが、シグレが相手なら、一緒にいてもそれほど気詰まりではない。ここまでの彼との会話を通じて、その程度にはシグレを信用する気になっていた。

「わかりました。じゃあ、料理を取り分けますね」

絢穂《あやほ》の提案を受け入れたシグレが、新しいカトラリーを用意してメインの肉料理を切り分けていく。

記憶がないというわりに、彼の手際《てぎわ》は悪くなかった。真剣な顔で料理を見つめているシグレの横顔が、やはりヤヒロの面影と重なる。

「不死者《ラザルス》」

「え？」

絢穂《あやほ》が無意識に洩《も》らした呟《つぶや》きを聞いて、シグレが怪訝《けげん》そうに顔を上げた。

「ヤヒロさんも不死者《ラザルス》と呼ばれてました。龍の巫女《みこ》の血を浴びて、不死の身体《からだ》になったって」

「その人の名前は聞いてます。今のこの世界が存在しているのは、彼のおかげだそうですね」

「私の姉と一緒にいるんです。二人が生きてることはわかってたんですけど、どこにいるのか誰も知らなくて」

「ギャルリー・ベリトが彼らを監禁していたから？」

シグレの質問に、絢穂《あやほ》は黙ってうなずいた。

絢穂《あやほ》はこれまで、ギャルリーのことを無条件に信じていた。彼らは身寄りのない絢穂《あやほ》たち姉弟《きょうだい》の命の恩人であり、生活の基盤を与えてくれた後見人であり、頼れる家族のような存在でもあったのだ。

しかし、彼らがヤヒロと彩葉《いろは》の生存を隠していたことで、絢穂《あやほ》の心には疑念が生じていた。自分たちが彩葉《いろは》に対する単なる人質ではないか、というスリアの指摘を、絢穂《あやほ》は否定できなかったのだ。

「鳴沢《ナルサワ》八尋《ヤヒロ》は、どんな人だったんですか？」

表情を暗くした絢穂《あやほ》を気遣うように、シグレが訊《き》く。

絢穂《あやほ》は、目を伏せたまま薄く微笑《ほほえ》んだ。

「優しい人だったんだと思います。日本が滅びてしまったのは自分のせいだと、悩んでました。いつも自分を責めて、苦しんでいたような気がします。だから彩葉《いろは》ちゃんは、あの人のことをほっとけなかったのかな……」

「きみも彼のことが好きだった？」

シグレに訊《き》かれて、絢穂《あやほ》は顔を上げた。

その瞬間、絢穂《あやほ》の目から涙が零《こぼ》れ出す。

シグレが吃驚《びっくり》したような表情を浮かべていたが、驚いたのは絢穂《あやほ》も同じだった。まさか自分がそんなふうに簡単に泣けるとは思っていなかったのだ。

そう。たぶん絢穂《あやほ》はヤヒロのことが好きだった。彼と会えないという事実が悲しかった。

しかし、どこかで諦めてもいた。彩葉《いろは》とヤヒロがお似合いだから、というだけではない。彩《いろ》葉《は》でなければヤヒロの苦悩を救えなかった、と心のどこかですでに理解していたからだ。

「ごめん。無神経なことを言ってしまったかもしれない」

シグレが自分の発言を悔やむように頭を下げる。

絢穂《あやほ》は微笑《ほほえ》んで首を振った。

「ヤヒロさんと最初に出会ったとき、私のことを助けてくれました。魍獣《もうじゅう》に襲われて死ぬかもしれないって思ったときに、私の前に飛びこんで来てくれたんです」

「それって……」

「似てますね、シグレさんと。そんなところも」

驚いているシグレを見ながら、絢穂《あやほ》は料理を口に運んだ。ほどよく脂の乗った肉が柔らかくて素直に美味《おい》しいと感じる。少し温《ぬる》くなってしまったスープの味も悪くない。

「できるなら会って話してみたいな」

「会うって、ヤヒロさんとですか？」

「うん。もし本当に僕と彼が同じ顔をしているのなら、彼は僕の過去を知る手がかりになるかもしれない。彼自身が僕のことを知っているかどうかは別にしても」

シグレがパンを囓《かじ》りながら呟《つぶや》く。

そんな彼を見て、絢穂《あやほ》は小さく声を洩《も》らした。

「あ……」

「どうかした？」

「ヤヒロさんには、妹さんがいたんです。実の妹さんではないという話でしたけど」

「へえ……」

興奮気味に早口で説明する絢穂《あやほ》に、シグレが怪訝《けげん》な反応を返す。

絢穂《あやほ》は一呼吸置いて言葉を続けた。

「彼女の髪は真っ白でした。シグレさんと同じように」

シグレが目を見開いて沈黙した。

地の龍〝スペルビア〟の巫女《みこ》――鳴沢珠依《ナルサワスイ》は、統合体《ガンツアイト》によって人工的に造り出された龍の巫《み》女《こ》だったと聞いている。彼女の髪はシグレと同じ、色素が抜け落ちたような純白だった。

しかしその事実をシグレに伝えていいのかどうか、さすがに絢穂《あやほ》は逡巡《しゅんじゅん》する。

「鳴沢八尋《ナルサワヤヒロ》の妹……鳴沢珠依《ナルサワスイ》……」

シグレが眉間にしわを寄せた。そして目眩《めまい》に襲われたように頭を抱えこむ。

不死者《ラザルス》である彼が不意に見せた苦悶《くもん》の表情に、絢穂《あやほ》は戸惑う。

「シグレさん……？」

「大丈夫……大丈夫だ……ちょっと頭が少し痛むだけ……」

側頭部に手を当てたまま、シグレは乱暴に首を振った。

不安そうに彼の顔をのぞきこむ絢穂《あやほ》を見返して、シグレは無理やりに笑ってみせる。

「ギャルリー・ベリトって、どんな人たちだった？」

「えっ……と、ひと言で説明するのは難しいんですけど、その……恩人です。私たち姉弟《きょうだい》にとっては。私たちがこうしていられるのも、あの人たちに会えたからだし」

「恩人、か……僕がスリアに聞いていた話とは違うな……」

シグレが真剣に考えこむように目を細くした。

彼が絢穂《あやほ》を拉致《らち》した理由は、絢穂《あやほ》を保護するためだとスリアは言っていた。

おそらくシグレは、そんなスリアの説明を疑うことなく信じていたのだろう。だから彼は、迷うことなく絢穂《あやほ》を攫《さら》った。

しかし絢穂《あやほ》とギャルリー・ベリトの間に信頼関係が築かれていたとなると、話は変わってくる。シグレはスリアに利用されて、無理やり絢穂《あやほ》をギャルリーから引き離しただけということになる。

「帰りたい？」

シグレが真顔で絢穂《あやほ》に訊《き》いた。絢穂《あやほ》は迷うことなくうなずいた。

「はい」

「わかった。一緒に行こう。僕がきみを安全な場所まで連れて行く」

「……いいんですか？」

絢穂《あやほ》は驚きに目を丸くした。

シグレの発言は、民間軍事会社キュオスに対する裏切りだ。そんなふうに簡単に決断できることとは思えない。しかしシグレは平然と笑って立ち上がる。

「僕の記憶を取り戻すためには、そのほうが早いかもしれないと思った」

そう言って彼は、部屋の片隅に立てかけてあった武器を手に取った。

一本は長さ二メートルを超える直刀。そしてもう一本は古びた西洋剣だ。

「それに鳴沢《ナルサワ》八尋《ヤヒロ》という人なら、きっと同じことをしたんじゃないかな？」

困惑したままの絢穂《あやほ》と目を合わせて、シグレが笑う。

絢穂《あやほ》は、かすかな胸の疼《うず》きを覚えながら大きくうなずいた。

4

真新しい高速道路の両脇には、建設途中の高層ビルが無数に立ち並んでいた。かつて廃墟《はいきよ》と化していたとは思えない、未来的な美しい都市の風景だ。

「わあ……！」

車の窓にぴったりと頬を張りつかせて、彩葉《いろは》が子どものような歓声を上げる。

「日本だあっ……！　日本だよ、ヤヒロ！　東京だよ！」

「わかった。わかったから少し落ち着いてくれ」

長年の動画配信で鍛えた彩葉《いろは》の声は、でかいし甲高くてよく通る。気密性の高い軍用装甲車の車内で騒がれると、不死者《ラザルス》であるヤヒロにすらかなりのダメージだ。

「俺たちが知ってる東京とは別物だな。三年かそこらで、こんなに変わるものなのか」

「ほかの産業が壊滅的だったぶん、インフラ整備に労働力を注《つ》ぎこむしかなかったのでしょう」

「魍獣《もうじゆう》退治で儲《もう》けられなくなった民間軍事会社も、ここぞとばかりに人材をぶちこんだみたいだしね」

「……もうちょっと夢のある話が聞きたかったよ……」

運転中のロゼと助手席のジュリのドライな発言に、ヤヒロはげんなりとした表情を浮かべた。

表向きは華やかな都市開発だが、その背後には熾烈《しれつ》な利権争いがあったらしい。そこには当然ギャルリー・ベリトも絡《から》んでいたのだろう。廃墟化《はいきよか》した日本の状況を誰よりもよく知る彼女たちが、巨大な復興資金が動く日本の再開発を、手をこまねいて見ているはずがないからだ。

ヤヒロたちを乗せた装甲車が高速道路を降りて、海岸沿いの埋立地へと入っていく。その先に見えてきたのは、見覚えのある古いレンガ造りの建物。ギャルリー日本支部の本拠地だ。

「ママ姉ちゃん！」

装甲車を降りた彩葉《いろは》に駆け寄ってきたのは、小学校高学年くらいの男の子。やや生意気そうな顔立ちで元気のいい少年だ。

「京太《きょうた》⁉」

すっかり見違えた彼の姿を見て、彩葉《いろは》が感動したように目を見張る。

鹿瀬《かせ》京太《きょうた》に続いて現れたのは、中性的で綺麗《きれい》な顔立ちの少年。その後ろにはベレー帽を被《かぶ》ったボーイッシュな少女の姿もある。

「お帰り、ママお姉ちゃん」

「希理《きり》も元気だった？　ずいぶん背が伸びたねえ」

「ママ姉ちゃんは少し縮んだな」

「そんなわけないでしょ」

弟たち二人と向かい合った彩葉《いろは》が、満面の笑顔で彼らをハグする。照れたような表情を浮かべながらも、二人は抵抗しようとはしなかった。

「彩葉《いろは》ちゃん……」

最後に彩葉《いろは》に声をかけてきたのは、ベレー帽の少女だった。普段なら先頭に立ってはしゃぐはずの彼女が、なぜか今日は妙に大人しい。

「ほのか、久しぶりだねえ」

彩葉《いろは》が優しく妹に語りかける。

小さくうなずくほのかの顔は、涙でくしゃくしゃになっていた。何度もしゃくり上げながら、彼女は彩葉《いろは》にしがみついて号泣し始める。

「会いだがっだ……なんで今まで会いにぎでぐれながったの……」

「ごめん……ごめんねえ……」

妹につられて彩葉《いろは》の涙腺も決壊した。姉妹二人は抱き合って泣き続け、そんな彩葉《いろは》たちを見て、弟たちも涙を流す。感動的な家族の再会を邪魔する気になれずに、ヤヒロは彼らからそっと離れた。

「おーい、ヤヒロっち！　元気だった？」

建物のロビーに入ったヤヒロを出迎えたのは、二十歳前後の日本人の女性だった。髪色は派手だが、実年齢には不似合いな色気を感じさせる美形である。

親しげに呼びかけられたものの、ヤヒロは彼女の正体にすぐには気づかなかった。ヤヒロが知っていた彼女とは、雰囲気がずいぶん変わっていたからだ。

「清滝澄華《きよたきすみか》か……？　見違えたな……」

「ふっふー……相楽《さがら》澄華《すみか》だよ、今はね」

澄華《すみか》が少し得意げに、自分の左手を顔の横に掲げた。その薬指に光っていたのは、結婚指輪とおぼしき銀白色《プラチナ》のリングだ。

「結婚したのか……そうか……めでたいな」

妊婦用《マタニティ》のゆったりとしたワンピースを着た澄華《すみか》を見て、ヤヒロは感嘆の息を吐いた。

「ふふっ、ありがとう。ね、ゼン」

澄華《すみか》が、そう言って隣に立つゼンの腕にしがみつく。

ゼンは「ああ」と無愛想に返事をしただけだった。どうやら照れているらしい。

「そっちはどうなのよ。彩葉《いろは》とずっと二人で一緒にいたんでしょ。ていうか、その子、誰？　まさか浮気《うわき》相手？　ヤヒロっち、浮気《うわき》してるの⁉」

ヤヒロの背中に隠れるようにして立っているエリに気づいて、澄華《すみか》がニヤリと唇の端をつり上げる。不躾《ぶしつけ》に近づいてくる澄華《すみか》に対して、エリはビクビクと肩を震わせた。最初に彩葉《いろは》に会ったときほど極端ではないが、やはり龍の巫女《みこ》に対するエリの苦手意識は根強いらしい。

「相楽《サガラ》たちがここにいるってことは、おまえらも天使に襲われたのか？」

ゼンに向き直って、ヤヒロは表情を引き締めた。

エリの素性については隠しているが、天使や冥界監視者の情報は暗号通信でギャルリー日本支部にも届けられている。当然、ゼンもその情報をつかんでいるはずだ。

「いや、襲われたのは俺たちじゃない。完全に無関係というわけでもないんだが」

ゼンが相変わらずの生真面目《きまじめ》な口調で言った。

一方、ヤヒロに質問を無視された澄華《すみか》が、ムッと頬を膨らませている。

「おい、こら。あたしの質問に答えなさいよ」

「無関係じゃないというのは、どういう意味だ？」

澄華《すみか》の声が聞こえないふりをして、ヤヒロはゼンとの会話を続けた。

「佐生《さしょう》絢穂《あやほ》が誘拐されたという話は聞いているな？」

「ああ。それを聞いたから俺と彩葉《いろは》は帰ってきたんだ」

「ねえちょっと、無視しないで……」

澄華《すみか》がついに泣きそうな声を出す。それを見たエリはただおろおろとするだけだ。

「俺たちも日本で襲われた。相手は民間軍事会社の戦闘員《オペレーター》だ」

ゼンが冷静な口調で告げた。彼の言葉に、ヤヒロは戸惑う。

「民間軍事会社の戦闘員《オペレーター》？　天使じゃなく、人間が襲ってきたってことか？」

「彼らの狙いは、どうやら俺の剣だったらしい」

「相楽《サガラ》の剣？　なんであんなボロいやつを……」

「ボロくはない。歴史のある品というだけだ」

思わずヤヒロが洩《も》らした本音に、ゼンがムキになって反論する。

それからゼンはコホンと咳払《せきばら》いして、何事もなかったように説明を続けた。

「佐生《さしょう》絢穂《あやほ》を誘拐したのは不死者《ラザルス》らしいが、その不死者《ラザルス》をバックアップしていたのも、同じ民間軍事会社らしい」

「民間軍事会社？　相手の正体もわかってるのか？」

「捕虜にした戦闘員《オペレーター》から聞き出した。裏で手を引いていたのはキュオスという、連合会《ギルド》にも所属していない小規模な会社だそうだ」

「なんでそんな連中が、絢穂《あやほ》を攫《さら》ったんだ……？」

ヤヒロが当惑して首を捻《ひね》る。絢穂《あやほ》はギャルリー・ベリトに正式に所属しているわけでもない、カフェでアルバイトしているだけの女子高生だ。プロの戦闘員《オペレーター》を動かしてまで誘拐する理由があるとは思えない。

「狙われたのが彼女だけなら理解に苦しむところだが、俺の剣を奪っていったということで、ある程度は相手の目的にも想像がつく」

「……遺存宝器《レリクト・レガリア》……いや、龍因子か……！」

ヤヒロが小さく呻《うめ》きを洩《も》らした。

神蝕能《レガリア》発動の触媒として使われるゼンの剣は、高濃度の龍気に晒《さら》され続けたことで、すでに半ば以上、遺存宝器《レリクト・レガリア》と化している。そして絢穂《あやほ》は、山の龍《ヴァナグロリア》の遺存宝器《レリクト・レガリア》と一体化した適合者《ディザーバー》だ。

両者に共通しているのは、それぞれが大量の龍因子を内包しているということである。

「不死者《ラザルス》が不死者《ラザルス》としての能力を維持するためには、龍因子の供給が必要だ。龍の巫女《みこ》が傍《そば》にいればそれを意識するようなことはないが……」

「龍の巫女《みこ》を持たない不死者《ラザルス》が、龍因子を必要としている……」

ヤヒロの呟《つぶや》きに、ゼンがうなずく。

エリはそんなヤヒロたちの会話を無表情に黙って聞いていた。

「でも、それっておかしくない？　どうして龍の巫女《みこ》がいないのに不死者《ラザルス》が生まれるの？」

澄華《すみか》がぽつりと疑問を洩《も》らす。

それは当然の疑問だった。不死者《ラザルス》を生み出すのは、龍の巫女《みこ》の意志だ。どれだけ大量の龍因子を注《そそ》ぎこもうと、死の運命すら覆《くつがえ》すほどの龍の巫女《みこ》の信頼——あるいは愛情がなければ、不死者《ラザルス》は生まれない。

龍の巫女《みこ》なしに、新たな不死者《ラザルス》が現れることなどあり得ないのだ。

「それは俺たちが考えるより、不死者《ラザルス》本人に直接聞いたほうが早いだろう」

答えの出ない問題に対して、ゼンが冷静に判断を下す。まるで不死者《ラザルス》の居場所を知っているかのような口振りだ。

「不死者《ラザルス》がどこにいるのかわかってるのか？」

「キュオス社の拠点の所在地は不明です。ただ、絢穂《あやほ》が連れこまれたのはキュオスの基地ではなく、湾岸エリアにある高層ホテルのようですね」

ヤヒロの質問に答えたのはロゼだった。想定外の返答にヤヒロは軽く面喰《めんく》らう。

「ホテル？」

「外国人向けの高級ホテルだよ。レリクト適合者《ディザーバー》を、無理やり閉じこめておくことなんてできないからね。それよりは待遇を良くして、くつろいでもらおうと思ったんじゃない？」

「よくわからないけど、手荒なことはされてないってことでいいのかな？」

澄華《すみか》がホッとしたような口調で言う。同じ女性として、誘拐された絢穂《あやほ》の扱いについては不安を覚えていたらしい。

「だからってほっとくわけにもいかないよな」

弟妹《きょうだい》たちとの再会を喜ぶ彩葉《いろは》のことを思い出し、ヤヒロが表情を険しくする。誘拐された絢穂《あやほ》とこのまま会えずに終わったら、家族愛の重い彩葉《いろは》がどれだけ悲しむかわからない。

そして彼女の悲しみは、世界龍《ウロボロス》であるヤヒロを介してこの世界に影響を与えるのだ。誘拐を実行したラザルスがそれを理解しているのかどうかはわからないが、これは絢穂《あやほ》一人の誘拐では済まされない危機的な状況なのである。

「絢穂《あやほ》の奪還は、少数の戦闘員《オペレーター》をホテルに潜入させる形で行うつもりでした。さすがに営業中の民間施設を公然と襲撃するわけにはいきませんから」

ロゼが物騒な言葉を淡々と告げる。

だがジュリは、小さく肩をすくめて双子の妹の発言を打ち消した。

「ただ、ちょっと予定が変わっちゃったんだよね」

「予定が変わった？　どういうことだ？」

「監禁されてたホテルから、絢穂《あやほ》が自力で逃げ出しちゃったみたい。問題の不死者《ラザルス》と一緒にね」

やるねえ、と本気で感心したような口調でジュリが言う。

「……はあ⁉」

話の展開についていけずに、ヤヒロは呆然《ぼうぜん》と目を開けたまま動きを止めたのだった。

5

「本当に彼らを逃がして良かったのか？」

疎《まば》らな夜景を見下ろしながら、白いスーツ姿の男が言った。

ＡＩが描き出す絵画のような、人工的に整った顔立ちの黒人男性だ。

「問題ありません。佐生《さしょう》絢穂《あやほ》は火の龍《アワリティア》の巫女《みこ》を誘い出すための餌ですから」

男の疑問に答えたのは、スリアだった。

彼女たちがいるのは都心の高層オフィスビル。民間軍事会社キュオスの役員室である。

「火の龍《アワリティア》の巫女《みこ》が結界の外に出た時点で役目は済んだということか」

長身で老齢の白人男性がスリアに訊《き》き返す。

名義上は、彼がキュオスの代表者ということになっている。

しかし実際のところ、その肩書きにたいした意味はなかった。民間軍事会社キュオスとは、冥界監視者がこの世界で活動する際に利用する隠《かく》れ蓑《みの》の一つに過ぎないからだ。

冥界監視者――

その名前で呼ばれる者たちが、いつからこの冥界《セカイ》に存在するのかは、監視者の一員であるスリアにももうわからない。

気が遠くなるほどの長い時間、スリアたちは世界を監視するシステムの一部であり続けた。

世界龍《ウロボロス》によって創り出された世界のひとつが寿命を迎え、その時代の龍の巫女《みこ》によって選ばれた新たな世界龍《ウロボロス》が再び新たな世界を創《つく》る。

それは植物の営みと同じだ。

種をつけた植物が枯れても、いずれは同じ土地に新たな植物が芽吹く。その繰り返し。

問題は、世界には変化が存在するということだ。

新たに芽吹いた植物の色や形が変わっても、それが無害ならそれでいい。

しかし、時として破壊的な変化をもたらす植物が、突然変異的に生まれることがある。

それは定められた土地の境界を越えて繁殖し、やがて近隣の植物を滅ぼすこともあるだろう。

冥界監視者の生みの親である天界の住人たちは、それを恐れた。

この冥界《セカイ》に生まれた新たな世界龍《ウロボロス》が、自分たちをも脅《おびや》かす危険な進化を遂げるのではないか、と。

もちろん天界の住人たちとて、無差別に異なる世界を滅ぼすつもりはなかった。

彼らも宇宙のすべての仕組みを解き明かしているわけではない。

異なる世界間の均衡は奇跡的な調和によって保たれており、一つの世界の消滅が自分たちの世界にどんな影響を与えるかわからないからだ。

だから彼らは、監視者と呼ばれる存在を近隣の世界に送りこんだ。

その世界を司《つかさど》る龍が、イレギュラーな巫女《みこ》の願いによって世界を歪《ゆが》めてしまった場合にのみ、世界龍《ウロボロス》を封印して世界を終わらせるように——

いわば冥界監視者とは、世界を滅ぼすために天界から送りこまれたウイルスのようなものだ。

その役割に、スリアが疑問を抱いたことはなかった。

冥界監視者とはそのために生み出されたシステムの一部なのだから。

だからスリアは疑問を抱かなかった。

彼女がその運命に反旗を翻《ひるがえ》すまでは——

「しかし理解に苦しむな、スリア・アルミロン。適合者《ディザーバー》の小娘はともかく、あの出来損ないをわざわざ利用する価値はあるのか？　世界龍《ウロボロス》を封印するだけなら、我々と無名天使たちだけで充分だろう？」

老齢の男が、咎《とが》めるような口調でスリアに訊《き》いた。

室内にいるのは彼ら三人だけ。役員室にある七つの座席のうち、四つは空席のままである。

抱いていたタブレット端末に目を落とし、スリアは冷ややかに首を振る。

「私たちの同胞、アフー、シェミハザ、アルメノとの連絡が途絶えました」

「なに……？」

「彼らはエリミエルを追跡していた者たちです。おそらく結界を破って世界龍《ウロボロス》と接触し、すでに消滅させられたのでしょう」

「エリミエル……あの裏切り者か」

黒人の男が吐き捨てるように呟《つぶや》いた。老齢の男も口元を硬く強張《こわば》らせている。

「これで冥界《セカイ》の監視者たる我ら七大天使の、半数以上が失われたことになります。世界龍《ウロボロス》を侮《あなど》るべきではありません」

「貴様の造ったあの玩具《おもちゃ》なら、世界龍《ウロボロス》を滅ぼすことが出来るのか？」

老齢の男が不機嫌そうに口を開く。スリアはあっさりとその問いかけを否定した。

「それは無理でしょう。冥界《セカイ》の形を作り変えるほどの力を持つ世界龍《ウロボロス》を滅ぼすためには、冥界《セカイ》そのものを滅ぼすような力を用意しなければなりません。だから私たち冥界監視者は世界龍《ウロボロス》を封印するのではありませんか？」

「それはそうだが……」

「あれの役割も同じです。不死者喰い《ラザルスイーター》はあくまで世界龍《ウロボロス》を封印するための道具。世界龍《ウロボロス》が封印されれば、冥界《セカイ》は龍の巫女《みこ》の加護を失います」

淡々と続くスリアの説明を聞いて、男たちは重々しく首肯する。

「そして加護を失った冥界《セカイ》は滅び、それは世界龍《ウロボロス》自身の消滅を意味する、ということか。ずいぶん長い道のりだったな」

「だが、天人たちの判断は正しかったといえる。永劫《えいごう》にも等しき輪廻《ループ》の果てに、この冥界《セカイ》は、あの壊れた世界龍《ウロボロス》を生み出してしまったのだからな」

「はい。私たちはこれから世界龍《ウロボロス》を封印し、天界に危機をもたらすこの冥界《セカイ》を滅ぼします。それが冥界監視者の役割ですから」

同胞たる冥界監視者たちの言葉を聞いて、スリアは迷いなく断言した。

そして声に出さずに彼女は呟《つぶや》く。瞳に憎悪《ぞうお》の光をたたえて——

「あなたにも決して邪魔はさせませんよ、〝堕《お》ちた天使〟エリミエル」

6

「——開け、【天翔門《タラリア》】」

鳴沢《ナルサワ》八尋《ヤヒロ》と同じ顔をした白髪《はくはつ》の青年が、絢穂《あやほ》を抱き上げて呟《つぶや》いた。

その瞬間、ビルの屋上から投げ出されたような強烈な浮遊感が襲ってくる。

絢穂《あやほ》がきつく閉じていた目を開くと、そこは鉄骨を剝《む》き出《だ》しにした工事中のビルの中だった。

真藤《しんどう》シグレが、彼の神蝕能《レガリア》で百メートル近い距離を一瞬で飛び越えたのだ。

「くっ」

「シグレさん⁉」

荒い息を吐きながらシグレがその場に膝を突き、絢穂《あやほ》は慌てて彼に呼びかけた。

それまでなんともなかったはずのシグレの顔色が、ひどく悪い。血の気《け》をなくした肌の色が、死体のように青ざめている。

「心配ないよ……ただの龍因子の欠乏だ。こいつがあれば、すぐに治る……」

シグレはそう言って背負っていた刀に手を伸ばした。

絢穂《あやほ》はその刀を知っている。かつて雷龍〝トリスティティア〟の加護を受けた不死者《ラザルス》——投《な》刀塚透《たづかとおる》が使っていた遺存宝器《レリクト・レガリア》だ。

たしかにその刀には、大量の龍因子が残留しているのだろう。

しかしシグレは、本来、彼に龍因子を供給するべき龍の巫女《みこ》の加護を受けていない。

遺存宝器《レリクト・レガリア》による龍因子の補給だけで本当に充分なのか、絢穂《あやほ》には判断できなかった。

「龍因子があればいいんですね？」

絢穂《あやほ》は自分の右の掌《てのひら》を、首筋に押し当てた。

首筋を選んだことに他意はなかった。強いて言えば、彼の肌が露出している場所に触れたほうが効果的ではないか、と思っただけだ。

実際、絢穂《あやほ》のその判断は間違っていなかったらしい。絢穂《あやほ》の右手首の紋様が淡い輝きを放つと同時に、シグレの顔色が戻っていく。

「すごいな。それが本物の遺存宝器《レリクト・レガリア》の力か」

シグレが絢穂《あやほ》を見上げて感嘆の息を吐いた。

「いえ、あの、私の力というわけではないですし……」

絢穂《あやほ》は思わずシグレから目を逸《そ》らす。

首筋に手を当てているのだから当然だが、シグレとの距離が近い。掌《てのひら》からシグレの体温が伝わってきて、どうしても彼の存在を意識してしまう。

「ありがとう。助かったよ。もう僕は大丈夫だ」

シグレが絢穂《あやほ》に礼を言って立ち上がる。

そのときになって絢穂《あやほ》は自分が、建築途中のビルの上にいることを思い出した。高さはおそらく十四、五階あたり。足場が不安定だし、風も強い。

目眩《めまい》に襲われてよろめく絢穂《あやほ》を、シグレが咄嗟《とっさ》に手を伸ばして支えた。絢穂《あやほ》は照れる余裕もなく、彼の腕にしがみつく。

「なるべく早くここから離れよう。僕の神蝕能《レガリア》ではそう遠くまで移動できないし、そのことはスリアにも知られてる。きみがいなくなったことがバレたら、すぐにキュオスからの追っ手がくるよ」

「わ、わかりました……！」

足元が透けて見える仮設の階段を、絢穂《あやほ》はシグレに手を引かれながら、おっかなびっくりといった足取りで下りていく。

誘拐された時点で荷物は手放してしまっていたため、ギャルリー・ベリトに連絡する手段はない。しかし絢穂《あやほ》は心配してはいなかった。

パオラは、絢穂《あやほ》が常にギャルリーに監視されていると言っていた。彼女の言葉が事実なら、彼女たちはとっくに絢穂《あやほ》の居場所を把握しているはずだ。そして絢穂《あやほ》が自力で脱出したことに気づけば、すぐに迎えを寄越してくれるはずである。

「電車は……この時間だともう動いてないですよね。タクシーが捕まるといいんですけど。あ……私、お金持ってないかも……銀座まで行けばアルバイト代の前借りができるんですけど」

十分以上かけてどうにか地上まで下りたあと、絢穂《あやほ》は本気で悩み始めた。

この場から離れるといっても徒歩では移動できる距離に限界がある。しかし無一文の今の絢《あや》穂《ほ》には、利用できる移動手段が思い浮かばない。

「お金の心配はあとにしよう」

「え？」

「追っ手だ」

「もう見つかっちゃったんですか？　キュオスの人たちに？」

「いや……こいつらは、キュオスじゃない」

シグレが背中から直刀《ちょくとう》を抜いた。そして絢穂《あやほ》を庇《かば》うように前に出る。

彼が睨《にら》みつけていたのは、ビルとビルの間の狭い路地。そこから滲《し》み出《だ》すようにして現れた影がある。極彩色に輝く巨大な怪物だ。

「魍獣《もうじゅう》⁉」

「いや、違う。こいつらは天使だ」

「天使……って……」

シグレの言葉を聞いて、絢穂《あやほ》は呆然《ぼうぜん》と目を瞬《またた》いた。

目の前の怪物は、たしかに翼を持っている。しかし天使と呼べる要素はそれだけだ。生理的な嫌悪感《けんおかん》をもたらすその姿は、怪物としか形容しようがない。

「龍因子に呼び寄せられて、それを喰《く》らうだけの最下級の天使だとスリアは言っていた。名前すら与えられなかった使い魔みたいなものらしい」

「スリアさんが、どうしてそんなことを知ってるんですか？」

「こいつらを操ってるのが、スリアだからだよ」

「え……⁉」

胴体を深々と裂く。

そんな怪物を、シグレが刀で迎撃した。空間を操る彼の神蝕能《レガリア》が、間合いを無視して怪物の

その頭上を、極彩色の怪物が爪を突き立てるようにして通り過ぎていく。

シグレの叫びに、絢穂《あやほ》は慌てて屈《かが》みこんだ。

「伏せて！」

「まず、一体！」

自分自身を鼓舞するように、シグレが乱暴に呟《つぶや》いた。

続けて休む間もなく彼は再び刀を振る。直後、上空を舞う二体目の天使が絶叫した。シグレが刃だけを空間転移で飛ばして天使を斬ったのだ。

「キリがない……僕の龍因子を枯渇《こかつ》させるのが狙いか……」

三体目、続いて四体目の天使を倒したところで、シグレの表情に焦《あせ》りが浮いた。

天使の攻撃は決して激しくはない。スリアにシグレや絢穂《あやほ》を傷つける意思はないのだ。彼女の目的は、断続的に天使をけしかけることでシグレを消耗させることだった。

龍因子が枯渇《こかつ》した不死者《ラザルス》は、死の眠りと呼ばれる昏睡《こんすい》状態に陥る。そしてシグレが動けなくなってしまえば、絢穂《あやほ》を再び捕まえるのは難しくない。スリアはそう考えているのだろう。

「シグレさん、下がっていてください」

「絢穂《あやほ》さん⁉」

天使に向かって走り出す絢穂《あやほ》を見て、シグレが表情を凍らせた。

絢穂《あやほ》に与えられた山の龍《ヴァナグロリア》の神蝕能《レガリア》は、大地を操る権能だ。

地面を自在に隆起させ、地中の鉱物を操って無数の金属結晶の刃《やいば》を出現させる。効果範囲は広いが、決して攻撃的な能力ではない。大人しく控えめな性格である絢穂《あやほ》に相応《ふさわ》しい、身を守ることに特化した能力だといえるだろう。

それゆえにスリアが操る天使たちは、明らかに絢穂《あやほ》を侮《あなど》っていた。空中を自在に飛行する天使たちにとっては、脅威にならないと判断したのだ。

その判断は間違いとは言い切れない。ここが周囲になにもない平地であれば、絢穂《あやほ》はおそらく彼らに対して手も足も出なかったことだろう。

しかしここは東京の市街地。それも建設ラッシュに沸くビル街なのだ。

周囲にあるのは、鉄骨を剥《む》き出《だ》しにした工事中の高層ビル群。絢穂《あやほ》の権能が効果を及ぼす鉱物資源は、いくらでも目に入る。

それに気づいた天使たちが慌てて上昇しようとするが、そのときすでに、絢穂《あやほ》は神蝕能《レガリア》の発動を終えていた。

絢穂《あやほ》の権能に支配された高層ビルの鉄骨が金属結晶の刃《やいば》に変わって、空中を舞う天使たちを横から刺し貫く。龍気を帯びた金属結晶は、銃弾を無効化する天使たちの肉体をもあっさりと引き裂き、絶命させた。

「これでしばらくは時間が稼げるはずです！　今のうちに逃げましょう！」

絢穂《あやほ》がシグレを振り返って叫ぶ。

召喚した天使たちすべてを同時に消滅させられたことで、スリアの追撃もしばらくは途絶えるはず——絢穂《あやほ》はそう判断したのだ。

呆気《あっけ》にとられたように立ち尽くしていたシグレは、ハッと我に返って大きくうなずいた。

控えめな性格の絢穂《あやほ》だが、ただの無力な少女ではない。魍獣《もうじゅう》たちに支配された大殺戮《ジェノサイド》直後の日本で生き抜いてきた経験を持っている。咄嗟《とっさ》の機転や決断力なら、そこらの傭兵《ようへい》に引けを取るものではない。今さらながらにシグレはそれを思い知る。

二人はそのまま並んで走り出し、広い交差点に出たところで足を止めた。

いまだに工事中のビルも多いオフィス街だ。夜間の交通量はほとんどない。

そんな深夜の街に、突然の轟音《ごうおん》が響き渡る。

大気を切り裂くローターの旋回音。そして航空機用ターボシャフトエンジンの排気音だ。

深夜のビル街のド真ん中へと、軍用のティルトローター機が舞い降りてくる。

それを見てシグレは大きく舌打ちした。

こんな無茶な飛行をする航空機が、まともな民間機なはずはない。キュオスが派遣した追っ手の戦闘員《オペレーター》だと判断したのだ。

しかし咄嗟《とっさ》に刀を構えたシグレを、絢穂《あやほ》が慌てて制止する。

「待って！　待ってください、シグレさん！　あれは敵じゃありません！」

「……え？」

絢穂《あやほ》の言葉に、シグレは眉を寄せた。

垂直に降下してくる航空機の機体には、目立つロゴマークが描かれている。

王冠と馬、そして悪魔を描いたエンブレム。それはキュオスのロゴではない。同じ民間軍事会社だが、その旗印を使っているのは別の企業だ。

「ギャルリー・ベリト……」

シグレは脱力したように呟《つぶや》いて、刀を下ろした。

降下中の航空機のハッチが開き、中の搭乗者が姿を見せる。

その搭乗者の姿を目にしたシグレは、今度こそ絶句して唇を噛《か》み締《し》めた。

日本刀らしき武器を持った、十代後半の若い男。

その黒髪の少年は、間違いなくシグレと同じ顔をしていたのだった。

第四幕　アポカリプス

THE HOLLOW REGALIA

CHAPTER.4

1

　ギャルリー・ベリトのティルトローター輸送機が、交差点の中央に着陸する。

　その機体から最初に飛び降りてきたのは、彩葉《いろは》だった。彼女は脇目も振らずに絢穂《あやほ》のもとに駆け寄って、激突するような勢いでしがみついてくる。

「絢穂《あやほ》！」

「彩葉《いろは》ちゃん……!?」

「絢穂《あやほ》！　よかった、無事で！　よかったよぅ……！　怪我《けが》してない？　背、ちょっと伸びたかな？　美人になったね。制服可愛《かわい》い。似合ってる！」

　絢穂《あやほ》を揉《も》みくちゃにするような勢いで、頬ずりしたり頭を撫《な》でたり親愛の情を全身で表現してくる彩葉《いろは》。絢穂《あやほ》が猫なら、とっくに彩葉《いろは》を引《ひ》っ掻《か》いて逃げ出しているところだ。

「い、彩葉《いろは》ちゃん……もう……落ち着いて」

「えへへ……」

絢穂《あやほ》との接触をたっぷりと堪能《たんのう》して満足したのか、彩葉《いろは》が少しだけ冷静さを取り戻す。そして彼女は、絢穂《あやほ》の隣に立っていたシグレに怪訝《けげん》そうな目を向けた。

「えっと、ところでその人は、どちら様？　なんだかちょっとヤヒロに似てるね？　似てる、っていうか、そっくりなんだけど……え⁉　双子？」

むむ、と眉間にしわを寄せて、彩葉《いろは》がジロジロとシグレを観察する。

彩葉《いろは》が困惑するのも当然だった。

それほどまでにシグレはヤヒロに似ている。見た目的には、ヤヒロのほうが少し幼いが、それは世界龍化《ウロボロス》したことで、ヤヒロの成長がリセットされているせいだろう。もし二人の実年齢が同じなら、今よりも更に酷似していたはずだ。

「彩葉《いろは》、そいつから離れろ！　絢穂《あやほ》もだ！」

「ヤ、ヤヒロ？」

困惑している彩葉《いろは》に向かって、ヤヒロの警告の声が飛んだ。

ヤヒロが構えているのは白鞘《しらさや》の日本刀。鳴沢珠依《ナルサワスイ》との戦いで失われてしまった九曜真鋼《くようまさかね》ではないが、ギャルリーが用意したそれなりの業物《わざもの》だ。

同じように、ゼンも奪われた西洋剣の代わりの剣を構えていた。

二人はシグレを警戒しているのだ。それはシグレがまとっている龍気に気づいているからだ。

「おまえが絢穂《あやほ》を攫《さら》った不死者《ラザルス》か……」

神蝕能《レガリア》の発動準備を終えた状態で、ヤヒロがシグレに問いかける。

殺気だったヤヒロの様子を見て、焦《あせ》ったのは絢穂《あやほ》だった。慌ててヤヒロとシグレの間に割り込み、必死の形相《ぎょうそう》で両腕を広げる。

「ま、待って！　待ってください！」

「絢穂《あやほ》？」

「シグレさんは悪い人じゃありません！　私が逃げ出すのを助けてくれたんです！」

「きみを攫《さら》ったのも、その男じゃなかったのか？」

突き放すような口調で指摘したのは、ゼンだった。絢穂《あやほ》は、うぐ、と焦《あせ》りに口ごもる。

「そうなんですけど、でも、それは誤解がありまして……」

「誤解？」

「シグレさんは、私が人質になってると思ってたみたいで……」

そうですよね、とシグレに同意を求める絢穂《あやほ》。

ヤヒロとゼンは少し困ったように、互いに顔を見合わせた。絢穂《あやほ》がシグレに脅されている、あるいは言いくるめられているのではないかと疑っているのだろう。

「なるほどね。おおかたギャルリー《う ち》が世界龍《ウロボロス》の力を独占するために、絢穂《あやほ》たちを飼い殺しにしてるとでも言われたのかな？」

ヤヒロたちの殺気が少し和らいだところで、会話に加わってきたのはジュリだった。同じく輸送機から降りてきたロゼも、双子の姉に相槌《あいづち》を打つ。

「たしかにそれは否定できませんね」

「いや、そこは建前でもいいから否定しとけよ」

ヤヒロが、呆《あき》れたように嘆息しながら刀の柄にかけていた手を離した。シグレを信用したわけではないものの、ひとまず彼に絢穂《あやほ》を害する意思がないという理屈には納得したのだ。

「ギャルリーが絢穂《あやほ》たちを保護しているのは事実ですから。ただそれは、彼女たちが、ほかの組織や集団に悪用されるのを防ぐという意味合いが大きいのですが」

ロゼが淡々と事情を説明する。

それを聞き終えたシグレが、納得したように警戒を解いた。

「本当にそうだったみたいですね。いちおう絢穂《あやほ》さんからもそう聞いてましたけど」

「誤解が解けてなによりだけど、それできみは何者なのかな？　ヤヒロと同じ顔をしてる理由はなに？」

ジュリが人懐《ひとなつ》こく微笑《ほほえ》みながら、シグレの正体を本人に訊《き》く。前置きのないストレートな質問に、シグレが困った顔をした。

「あいつ、そんなに俺と似てるか？」

ヤヒロが彩葉《いろは》に顔を寄せて小声で尋ねる。いくら似ていると言われても、本人としては実感が湧かない。

「うん、そっくり。でも、あっちのほうがちょっと恰好《かっこう》いいかも。真面目そうだし」

歯に衣を着せない彩葉《いろは》の返答に、ヤヒロは黙って唇を歪《ゆが》めた。

複雑そうな顔をしているのは、シグレも同じだ。

自分と同じ顔の人間を目の前にして、気分のいい人間などいるはずもない。ましてや相手が、不死者《ラザルス》などという得体の知れない存在だとしたら尚更《なおさら》だ。互いに敵意がなかったとしても、どう声をかけていいのかさっぱりわからない。

「待て」

気まずい雰囲気で立ち尽くすヤヒロの代わりに、シグレに呼びかけたのはゼンだった。

彼の視線が注がれているのは、シグレが持っている剣だった。長大な直刀《ちょくとう》と別にもう一本、彼は鞘《さや》に収めたままの西洋剣を背負っている。装飾の乏しい古びた剣である。

「おまえが持ってるそれは、俺の剣《グラム》だな？」

「グラム？　この剣は、あなたの……？」

「日本の空港で、キュオスとやらの戦闘員《オペレーター》に盗まれたものだ」

ゼンが厳しい表情で告げた。

絢穂《あやほ》の誘拐についての誤解が解けても、シグレには剣の強奪に関与した疑惑が残っている。

奪われた剣をシグレが持っている以上、ゼンの口調が攻撃的になるのも無理はなかった。

しかしシグレは背負っていた剣を下ろすと、それをあっさりと差し出してくる。

「そうでしたか。わかりました。じゃあ、これはお返しします」

「いいのか？」

「雇い主に支給された剣というだけで、僕が特にこだわる理由もないので」

「そうか」

シグレが嘘《うそ》をついているわけではない、と判断したのか、ゼンは彼の説明を素直に受け入れた。油断することなく身構えたまま、シグレに近づいて差し出された剣を受け取ろうとする。

ヤヒロもゼンに付き添って、シグレに歩み寄ろうとする。

そんなヤヒロの背中を誰かが引っ張った。

振り返ると、そこにいたのは修道服を着た小柄な女性だった。瞳から感情を消したエリが、ヤヒロを引き止めつつ、じっと観察するようにシグレを見つめている。

「エリ？」

「待ってください。あの方に近づいてはいけません。今は、まだ」

「……今は？」

どういう意味だ、とヤヒロがエリに訊《き》き返《かえ》そうとする。

だが、ヤヒロのその言葉は、突然の悲鳴に遮られた。

「ゼン⁉」

悲鳴の主は、澄華《すみか》だった。

彼女が見つめる視線の先には、片膝を突いてうずくまっているゼンがいる。シグレから剣を受け取るために近づいた瞬間、ゼンが不意に倒れたのだ。

「なんだ……おまえは、なにをした……？」

ゼンがシグレを見上げて詰問《きつもん》する。しかし困惑していたのは、シグレも同じだ。

「待ってください。僕は、なにも──」

剣を渡そうとした姿勢のままで、シグレが激しく首を振る。

彼の肉体に異変が起きたのは、その直後のことだった。

シグレの白髪《はくはつ》が、強風に煽《あお》られたように激しく波打った。そして彼の頬や首筋に奇怪な模様が浮かび上がる。

水面に広がる油膜のような虹色の輝き。それは名もなき天使たちと同じ特徴だ。

「う……あ……ああああああああああっ！」

「シグレさん⁉」

頭を押さえて絶叫するシグレに、絢穂《あやほ》が反射的に手を伸ばそうとする。

だがその瞬間、絢穂《あやほ》の膝から力が抜けた。強烈な虚脱感に襲われて、動くどころか立ち上がることもできない。右手の遺存宝器《レリクト・レガリア》を通じて、絢穂《あやほ》の肉体からなにかが流れ出している。

「ゼン！」

「来るな、澄華《すみか》！」

慌てて駆け寄ろうとした澄華《すみか》を、ゼンが必死に制止した。

シグレを中心にして強い風が、竜巻のように吹き始めていた。ただの竜巻と違っているのは、その風が帯電したような輝きと熱気を帯びていることだ。

ゼンや絢穂《あやほ》から無理やり吸い上げられた龍因子が、渦の中心にあるシグレの肉体へと流れこんでいる。押し寄せてくる龍因子の奔流に耐えかねたように、シグレが苦悶《くもん》の絶叫を上げた。

「シグレさん……いったい、なにが⁉」

「龍因子を、喰《く》っているのか⁉」

絢穂《あやほ》とゼンが、シグレを見上げて苦しげに呻《うめ》く。

激痛に襲われうずくまるシグレの肉体が軋《きし》んだ。彼が着ているジャケットの背中を引き裂いて、極彩色の巨大な翼が広がる。それは天使の翼ではなかった。歪《いびつ》にねじれた、龍の翼だ。

「エリ、なんだあれは⁉　なにが起きている⁉」

ヤヒロが背後のエリを振り返って訊《き》いた。

シグレと名乗る不死者《ラザルス》の肉体になにが起きているのか、ヤヒロにはわからない。説明できる者がいるとすれば、それはエリだけだろう。

この場で天使の知識を持っているのは、冥界監視者であるエリだけだからだ。

しかしエリはなにも語らない。祈るように両手を合わせた彼女の口元には、超然とした笑みが浮かんでいるだけだ。

「そういうことですか……」

エリの代わりに呟《つぶや》いたのはロゼだった。

愛用の拳銃を構えている彼女だが、シグレに対する攻撃を彼女は今もためらっている。銃弾程度でシグレの暴走が止まるという保証はないし、攻撃された場合に彼がどういう反応を示すか予測できないからだ。

「なぜ相楽善《サガラゼン》の剣を奪ったのか不思議に思っていましたが、あれは彼をシグレという不死者《ラザルス》と確実に接触させるための道具だったのですね」

「だとすれば、絢穂《あやほ》も同じかな。ヤヒロと彩葉《いろは》を結界から引きずり出すための囮《おとり》だね。あたしたちはまんまとそれに引っかかった間抜けってわけだ」

ロゼの冷徹な推理を聞いて、ジュリが自嘲するように肩をすくめた。

南国の名もない島に隠棲《いんせい》し、社会との接触を断っていたヤヒロと彩葉《いろは》だが、絢穂《あやほ》が誘拐されたと聞けば確実に日本に帰還する。

ギャルリー・ベリトも、絢穂《あやほ》が誘拐された事実をヤヒロたちに隠し通すことはできない。もしも情報を遮断した上で絢穂《あやほ》に万一のことがあった場合、確実に彩葉《いろは》の怒りを買うからだ。策略というほどの複雑なものではない。

　しかしギャルリーはそれを見抜けなかった。それは絢穂《あやほ》が遺存宝器《レリクト・レガリア》の保有者だからだ。絢《あや》穂《ほ》自身に価値があるせいで、彼女が囮《おとり》であるという事実に気づくのが遅れたのだ。

「生き残っている不死者《ラザルス》を全員集めるのが目的だったってことか？　なんのためにそんなことをする必要が……？」

「その答えが、あたしたちが見ている光景だよ」

「不死者《ラザルス》の龍因子を奪うためか……！」

　ジュリの指摘に、ヤヒロがギリッと奥歯を鳴らした。

　シグレと呼ばれていた不死者《ラザルス》は、周囲の龍因子を無制限に喰《く》らい続けている。それが彼自身の意思とはとても思えない。おそらく彼もまた利用されている。この状況は、誰かに仕組まれたものなのだ。

「絢穂《あやほ》！」

「駄目だよ、彩葉《いろは》」

　渦を巻く龍因子の中へ考えなしに飛びこもうとした彩葉《いろは》を、ジュリが力尽くで制止した。手首の関節を極《き》められて動けなくなった彩葉《いろは》は、それでも激しく抵抗する。どうにかして妹を助け出そうと彩葉《いろは》なりに必死なのだ。

　そんな彩葉《いろは》が不意に動きを止め、驚愕《きょうがく》したように両目を見開いた。

　彩葉《いろは》が視線を向けていたのは、高層ビル群に囲まれた狭い夜空だ。

「ヤヒロ！」

「っ！」

彩葉《いろは》に警告されてヤヒロも気づいた。

ヤヒロたちの上空を、無数の影が舞っている。極彩色の翼を持つ異形の怪物たちだ。

「天使か⁉　こんなときに……！」

敵意を剝《む》き出《だ》しにして舞い降りてくる怪物たちを、ヤヒロは苛立《いらだ》たしげに睨《にら》みつけた。

シグレの暴走を仕組んだのが冥界監視者だとしたら、このタイミングで襲ってくるのは当然あり得ることだった。そんな彼らの存在が、絢穂《あやほ》を救出する障害になっているのは間違いない。

「邪魔だ、どけ！」

鉤爪《かぎづめ》を剝《む》き出《だ》しにして降下してくる天使に向かって、ヤヒロは刀を抜いた。

視界に映る敵すべてを焼き尽くすつもりで、世界龍《ウロボロス》の権能を解放する。

しかし世界に変化が生じることはなかった。襲ってくる天使は無傷のままだ。

「――神蝕能《レガリア》が、発動しない⁉」

困惑するヤヒロの右肩を、灼《や》けるような激痛が走り抜けた。天使の鉤爪《かぎづめ》が深々とヤヒロの身体《からだ》を引き裂き、鮮血が周囲を赤く染める。

「ヤヒロ！」

彩葉《いろは》が顔を蒼白《そうはく》にしてヤヒロに駆け寄った。

普通の人間なら即死でもおかしくない重傷。しかし不死者《ラザルス》であるヤヒロが、本来この程度の傷で行動不能になるようなことはない。

にもかかわらず、ヤヒロは立ち上がることができなかった。

不死者《ラザルス》の驚異的な治癒力がもたらす肉体の再生が始まらない。神蝕能《レガリア》が発動しないだけでなく、今のヤヒロからは不死性までもが失われてしまっているのだ。

「ヤヒロ⁉　なんで⁉　どうして傷が治らないの⁉　ヤヒロ！」

彩葉《いろは》が半狂乱になって泣《な》き喚《わめ》く。

しかしヤヒロは動けない。流れ出す鮮血とともに体温が失われ、視界が暗くなっていく。

空を舞う天使たちの嘲笑を聞きながら、ヤヒロの意識は失われていくのだった。

2

ヤヒロが鮮血を流して倒れる光景を、ゼンは呆然《ぼうぜん》と見つめていた。

世界龍《ウロボロス》と化した今のヤヒロは、世界すら自在に作り変える神にも等しい力を持っている。同じ不死者《ラザルス》であるからこそ、ゼンはその力をよく理解していた。

だが、そのヤヒロは重傷を負ったまま、無力な人間のように地面に転がっている。本来決して起こり得ない異常な状況だ。

「鳴沢《ナルサワ》……どういうことだ⁉　いったいなにが、起きている……⁉」

いまだに全身を侵す虚脱感に抗《あらが》いながら、ゼンは強引に立ち上がった。

まるで天使たちの出現と呼応するように、シグレの暴走は止まっている。龍因子の収奪現象が収まったことで、ゼンの肉体にもわずかに力が戻っていた。

空中を舞う天使の数は十体ほど。そのうち数体が、澄華《すみか》たちを狙って舞い降りてくる。

それに気づいてゼンは剣を手に取った。

アンティークの西洋剣。シグレから取り戻したゼンの愛剣だ。

「【氷瀑《アイスフォール》】――！」

液化した大気が純白の氷の槍《やり》へと変わって、飛来する天使たちを次々に貫いた。

「ゼン⁉」

「無事か、澄華《すみか》！」

「あたしは大丈夫！　でもヤヒロっちが……！」

「わかってる！」

澄華《すみか》を守るように抱きかかえつつ、ゼンは再び神蝕能《レガリア》を発動した。

しかし龍因子の回復が追いついていないせいで、力の制御が上手《うま》くいかない。そのせいで二体の天使を撃《う》ち洩《も》らす。ゼンの攻撃をかわした天使たちが狙ったのは、負傷して倒れたままのヤヒロと、彼を庇《かば》っている彩葉《いろは》だった。

「彩葉《いろは》っ……！」

澄華《すみか》が短く悲鳴を上げた。神蝕能《レガリア》の再発動が間に合わないことに気づいて、ゼンが頬を引《ひ》き攣《つ》らせる。

だが、天使たちが彩葉《いろは》を襲うと思われた直前、彼らは突然角度を変えて地面に激突した。地上から舞い上がった銀色の影が、二体の天使をすれ違いざまに撃墜したのだ。首を捻じ切られた天使たちは、悲鳴を上げることすらできずに絶命する。

「おまえは……」

天使たちを撃ち落として彩葉《いろは》を救ったのは、ヤヒロがエリと呼んでいた修道服の女性だった。

彼女の背中には巨大な銀色の翼が広がり、両手は猛禽《もうきん》のような鉤爪《かぎづめ》に変わっている。

エリに睨《にら》まれた天使たちは、怯《おび》えたように後退して飛び去った。彼女は極彩色の名もない天使たちよりも、明らかに上位の存在なのだ。

「エリちゃん……」

血塗《ちまみ》れのヤヒロを抱いた彩葉《いろは》が、縋《すが》るような眼差《まなざ》しでエリを見上げた。

しかしエリはなにも答えない。彼女の青い瞳は無表情に夜空を見上げたままだ。

逃げ去った極彩色の天使たちの代わりに、空中から新たな影が舞い降りてくる。

エリと同じ真珠のような銀翼を持つ者たちだ。美しい顔立ちの男女が三人。天使と呼ばれる怪物たちよりも、よほど天使らしい姿の持ち主である。

「スリア……さん……」

ジュリの肩を借りて抱き起こされていた絢穂《あやほ》が、舞い降りてきた女を見上げて弱々しく呻《うめ》いた。おや、とジュリが片眉を上げて絢穂《あやほ》を見る。

「あれ？　知り合い？　空から降ってくるなんて、変わった特技を持ってる相手みたいだけど」

「民間軍事会社キュオスの戦闘顧問《コンサルタント》だと言ってました。シグレさんの雇い主だって」

「へえ……つまり絢穂《あやほ》の誘拐を仕組んだ張本人……というよりも、この状況を仕組んだ黒幕ってことかな？」

「なるほど。あれが冥界監視者ですか」

ジュリが好戦的な笑みを浮かべて唇を舐《な》め、ロゼは冷ややかに息を吐きだした。

「いやいや、なんで平然と受け入れてるの⁉　天使だよ⁉　天使が現れたんだよ⁉」

困惑したように叫んだのは、澄華《すみか》だった。

夜空を背景に舞い降りてくる、白銀の翼を持つ天使。神々《こうごう》しさは感じない。だが、その姿は見る者の根源的な畏怖を呼び覚ます。動揺していたのは、絢穂《あやほ》やゼンも同じだ。

しかしロゼは何事もなかったように平然と首を振り、

「この世界には龍がいるのです。天使の三体や四体出てきてもおかしくはないでしょう」

「それはそうかもしれないけど……！」

澄華《すみか》が脱力したように息を吐いた。口ではロゼに勝てないと諦めたのだ。

だが実際、ロゼの言葉には一理ある。この世界は冥界――地獄なのである。そして天使と争った龍が破れて、地獄に追いやられたことは聖書にも記述されている。

そう。天使と龍は敵対する運命なのだ。

「待って⁉　じゃあ、エリちゃんも天使の仲間だったってこと⁉」

銀色の翼を展開したままのエリを振り返り、澄華《すみか》が叫んだ。

その問いに答えたのは、意外な人物だった。

いや、正確には、彼女を人と呼んでいいのかどうかはわからない。

澄華《すみか》たちを冷ややかに見下ろして告げたのは、空から舞い降りてくる冥界監視者の一体。荘《そう》厳《ごん》な白いローブをまとった女性だったからだ。

「――仲間？　いいえ、違いますよ」

スリアが侮蔑と憎悪《ぞうお》の混じった視線を、エリに向けた。

「エリミエルは私たち冥界監視者の裏切り者。忌《い》まわしき堕天使なのですから」

「堕天使……だと？」

ゼンが低い呻《うめ》きを洩《も》らす。

裏切り者。堕天使。文字どおりに解釈するならば、エリは、天界から与えられた使命を放棄した者。スリアたちと敵対する存在ということになる。だとすれば、エリは人類の味方と判断していいのもしれない。

だが今はそれを手放しで喜べる状況ではない。数の上でエリは明らかに劣勢であり、しかも冥界監視者が仕掛けたシグレという罠《わな》はすでに作動しているのだ。

「久しぶりですね、スリアさん」

なじられたエリは悲しげな表情を浮かべ、敵意を向けてくるスリアを見上げていた。

「ぬけぬけと。おまえが監視者の役目を放棄して、世界龍《ウロボロス》を守ろうとしたことはわかっている。そのせいで、我らは三体もの同胞を失った」

「それは、あなたたちがこの世界に無用な惨劇をもたらそうとしてるからでしょう？」

エリは声を荒らげることもなく、だがきっぱりと反論した。

「惨劇？　人類から見ればそうかもしれない。だが、我々監視者にとっては、当然の役割を遂行しただけだ」

スリアが高圧的な口調で告げてくる。

「この冥界《セカイ》は、異質《イレギユラー》な龍の巫女《みこ》の願いによって歪《ゆが》められ、あるべき姿から外れてしまった。永劫《えいごう》に続く終わりのない冥界など、存在してはならないのだ」

「冥界に生きる人々が予測できない進化を遂げて、天界を脅《おびや》かすかもしれないから、ですか？」

「そうだ」

「私には、わかりません。それのなにが問題なのですか？」

エリが訝《いぶか》るように問いかける。

スリアは殴られたように小さく片頬を歪《ゆが》めた。エリの反問は、スリアにとってはそれほどまでに衝撃的なものだったのだ。

「なんだと……？」

「私たち冥界監視者は、天界から追放された存在です。いいえ、そもそも私たちは天界の姿すら知らない。そんな天界のために、この冥界《セカイ》を滅ぼす必要があるのですか？」

「エリミエル……おまえは……」

スリアの瞳に恐怖が浮かんだ。彼女の背後にいる、二体の冥界監視者たちも動揺していた。エリの指摘は、冥界監視者の存在意義を根底から揺るがす発言だったからだ。

「この冥界《セカイ》を滅ぼせば、私たち冥界監視者も消滅します。なぜそのような犠牲を払ってまで、天界に殉じる必要があるのですか。私たちはこの冥界《セカイ》とともに生きていく。ならば、冥界《セカイ》が発展するのは望ましいことです。たとえ、その結果として天界が滅びることになっても」

「それは、冥界監視者に許される思考ではない」

「エリミエル、貴様は壊れている」

二体の男性型冥界監視者たちが、口々にエリを非難した。

「そう、エリミエル。おまえは壊れている。だからおまえは堕天使と呼ばれるのだ」

スリアが怒りに声を震わせる。

彼女たちの攻撃的なやり取りに、ゼンはかすかな違和感を覚えた。

エリの考え方は、人間的で合理的だ。

しかし忠実な冥界監視者であるスリアは、それを受け入れられない。

そしてエリはおそらくそのことを理解している。

にもかかわらず、エリは説得の言葉を重ねた。

つまりエリは、スリアに向かって語りかけているのではない。

彼女は冥界監視者ではなく、この場にいる人間たちになにかを伝えようとしているのだ。

「なるほどね」

「今の話で、あなたたち冥界監視者とやらの内幕がよくわかりました」

ギャルリー・ベリトの双子姉妹が、エリとスリアの会話に割りこんだ。二人が浮かべているのは挑発的な微笑。冥界監視者たちを哀れむような表情だ。

「冥界に落とされた亡者《もうじゃ》ごときに、なにがわかったというのだ？」

スリアが、不快そうにジュリたちを見下ろした。

そんなスリアに、ロゼが冷ややかに言い返す。

「それは天界の住人とやらも、私たちと大差ない存在だということですよ」

「なに？」

「天界などと名乗っていても、それは、その世界の住人の自称に過ぎない。おそらく天界にも、この世界の世界龍《ウロボロス》に相当する存在がいて、天界を維持しているのでしょう」

「そうだね。だから、よその世界が自分たちよりも発展するのが恐《こわ》いんだ。自分たちがほかの世界から、いつか攻撃されるんじゃないかって怯《おび》えてる。それはまた、ずいぶんと狭量《きょうりょう》な天界もあったものだね。それとも臆病なだけなのかな？」

ジュリが大袈裟《おおげさ》に首を振り、呆《あき》れたように溜息《ためいき》をついた。

「黙れ」

冥界監視者たちの声が怒りに震えた。

彼らがそれほどまでに動揺する理由に、ゼンは気づく。

天界は自分たちが攻めこまれることを恐れている。

それはつまり、天界とは侵攻できる場所である、ということだ。エリはその事実を、この場にいる者たちに伝えようとしていたのだ。

「いいえ。彼女たちは間違っていません」

エリは祈るように両手を合わせたまま、満足そうに呟《つぶや》いた。

「天界とは、この宇宙に存在する多元世界のひとつに過ぎない。特別な場所ではないのです」

「……なるほど、そうかもしれませんね」

スリアが低く圧《お》し殺《ころ》したような声で告げた。

「もしかしたら冥界監視者が任務を遂行するのは無意味なのかもしれません」

「スリア⁉」

「貴様も天人の命令に背く気か？」

二体の男性型冥界監視者が、愕然《がくぜん》とした表情でスリアを睨《にら》む。

「いいえ、そうではありません」

スリアは首を振ってニヤリと笑った。彼女が初めて見せる人間臭い笑みだった。

「エリミエル、おまえの言葉が正しくてももはや無意味なのです。世界龍《ウロボロス》はすでに封印されました。鳴沢八尋《ナルサワヤヒロ》は死に、冥界《セカイ》は滅びる。これは逃れられない運命なのです。私たちの勝利です」

3

彩葉《いろは》の膝に抱かれたままのヤヒロの身体《からだ》は冷え切っていた。

深々と穿《うが》たれた傷口から流れ出す、彼の鮮血だけが熱い。

不死者《ラザルス》の驚異的な治癒力による肉体再生が始まらない。

今のヤヒロは、死の淵《ふち》に瀕《ひん》したただの人間だ。この出血量ではおそらく五分も経《た》たずに、彼は絶命することになるだろう。

「待って……」

そんなヤヒロの身体《からだ》を抱いたまま、彩葉《いろは》は顔を上げた。

自分たちを無視して進められていた冥界監視者たちとエリの会話。その中に聞き捨てならない情報が含まれていたからだ。

「世界龍《ウロボロス》が封印されたって、どういうこと？　龍の巫女《みこ》であるわたしは、このとおりピンピンしてるんだけど……!?」

彩葉《いろは》の声には、隠しきれない怒りが滲《にじ》んでいる。

不死者《ラザルス》の力の消失と、世界龍《ウロボロス》の封印が無関係とは思えない。つまりヤヒロが死にかけているのは、スリアが仕組んだ状況ということになる。

そんな彩葉《いろは》の激しい怒りを、スリアは平然と受け止めた。

「この冥界《セカイ》の統合体《ガンツアイト》という組織には、人間を人工的に造り出す技術があった。その技術は、我ら冥界監視者がもたらしたものだ」

人工音声に似た淡々とした口調で、スリアが言う。

彼女の言葉に彩葉《いろは》は戸惑った。

脳裏をよぎったのは、鳴沢珠依《ナルサワスイ》という少女のことだった。色素の抜け落ちたようなシグレの白い髪は、珠依《スイ》のものとよく似ている。

「真藤《しんどう》シグレもまた、同種の技術によって生み出された人工物だ。材料として使ったのは無名天使の肉体。そして鳴沢八尋《ナルサワヤヒロ》という不死者《ラザルス》の細胞……」

「ヤヒロの細胞……!?」

「鳴沢八尋《ナルサワヤヒロ》は過去の戦いで何度も負傷している。彼の細胞サンプルを手に入れるのは、それほど難しいことではなかった」

驚く彩葉《いろは》に、スリアが告げる。

冥界監視者の目的が世界龍《ウロボロス》の監視なら、それに近い目的で活動している統合体《ガンツアイト》を利用するのは理に適《かな》っている。

おそらく統合体《ガンツアイト》という組織は、何百年も前から冥界監視者の影響を受けていたのだろう。ヤヒロの細胞片はその過程でスリアたちの手に渡ったに違いない。

「内包している龍因子が尽きれば、不死者《ラザルス》の細胞といえども普通に死に至る。逆に言えば、龍因子さえ補充してやれば、生かし続けて培養するのは簡単だ」

「なるほど。そのための遺存宝器《レリクト・レガリア》ですか……」

ロゼが感心したように鼻先で笑った。

真藤《しんどう》シグレの肉体には、ヤヒロの体細胞が使用されていた。龍因子が尽きれば寿命を迎える、不完全な不死の肉体だ。その不完全な不死性を維持するために、シグレは常に遺存宝器《レリクト・レガリア》による龍因子の補給を必要としていたのだ。

「シグレさんは……ヤヒロさんの細胞から造られた不死者《ラザルス》……」

絢穂《あやほ》が表情を絶望に歪《ゆが》めた。

スリアを除けば、この場でもっともシグレとの交流が深かったのは絢穂《あやほ》である。シグレとヤヒロの間になんらかのつながりがあることは薄々理解していたはずだが、さすがにシグレの正体がヤヒロの複製《コピー》とは思っていなかっただろう。絢穂《あやほ》が受けたショックは小さくない。

暴走を終えたシグレは地面に倒れたまま、弱々しく呻《うめ》き続けている。

三体の冥界監視者は、そんなシグレを取り囲むような形で地上に降り立っていた。まるで、天使たちに供された生贄《いけにえ》を思わせる姿である。

スリアは自分の足元に転がるシグレを冷ややかに一瞥《いちべつ》し、それから彩葉《いろは》へと視線を移した。

「そう。真藤《しんどう》シグレと鳴沢《ナルサワ》八尋《ヤヒロ》の肉体情報は同一。つまり彼らのどちらにも火の龍《アワリティア》の加護を受ける資格があるということだ。それは真藤《しんどう》シグレが世界龍《ウロボロス》へと成り代わり得るということでもある」

「いや、そんなのおかしいでしょう⁉　シグレさんとヤヒロは別人だよ！　同じ細胞から生み出されたからって、それは変わらないよ！」

彩葉《いろは》がムキになって言い返した。たとえ細胞そのものは同じでも、異なる意思を持ち、異なる経験を積み重ねた時点で二人は別の存在だ。

「そう。鳴沢《ナルサワ》八尋《ヒロ》が世界龍《ウロボロス》である限り、真藤《しんどう》シグレは世界龍《ウロボロス》にはなれない」

そんな彩葉《いろは》の反論を、スリアはあっさりと受け入れた。

しかし彼女の彩葉《いろは》を見る瞳は、ひどく酷薄だ。

「――ならば鳴沢《ナルサワ》八尋《ヤヒロ》の世界龍《ウロボロス》の権利を、真藤《しんどう》シグレが奪えばいい」

「奪う⁉　そんなのどうやって……⁉」

「ああ、なるほど。そういうことだったんだね」

激昂《げっこう》しかけた彩葉《いろは》の言葉を、ジュリの呟《つぶや》きが遮った。

「どういうこと⁉」

冷え切ったヤヒロの身体《からだ》を抱いたまま、彩葉《いろは》がキッとジュリを睨《にら》む。

「ヤヒロは過去に何度も負傷しています。時には手脚の一、二本……それどころか肉体の半分以上を吹き飛ばされたこともある」

ジュリの代わりに答えたのはロゼだった。

彩葉《いろは》は小さく顔をしかめる。負傷といえば、ヤヒロは今も傷ついて死にかけているのだ。

「うん。まあ、それはね……」

「ですが、ちぎれたヤヒロの肉体が再生して、二人に増えるようなことはありませんでした」

「いや、それはあったら怖いでしょ⁉」

「では、再生されるヤヒロの本体と、そのまま朽ち果てる肉片を誰がどうやって区別していると思いますか？」

「え……」

ロゼに問われて彩葉《いろは》は面喰《めんく》らった。

言われてみれば、奇妙な話だ。ロゼの指摘は、細胞の一片からで復活する不死者《ラザルス》の魂が、どこにあるのか、という疑問に等しい。

「そうか……龍因子か……」

ゼンが低く独りごちた。彩葉《いろは》はきょとんと目を瞬《またた》く。

「龍因子？」

「ええ、たぶん。龍因子の保有量がもっとも多い細胞が、そのまま再生の核になるのでしょう」

「それは、なんていうか、意外に雑な判定だね……」

戸惑い混じりの彩葉《いろは》の感想に、ロゼが深くうなずいた。

「冥界監視者は、その雑な判定方法を利用したのです」

「はい？」

「真藤《しんどう》シグレの肉体は、ヤヒロの肉体の一部です。つまりシグレの体内の龍因子保有量が、ヤヒロのそれを一時的にでも上回れば、本体と分裂した肉体の立場が入れ替わる。そうなのでしょう、冥界監視者？」

ロゼがスリアを見返して訊《き》いた。

スリアはほとんど表情を変えない。それでも彼女の唇は、嘲笑するように薄く歪《ゆが》んでいた。

「佐生《さしょう》絢穂《あやほ》が持つ山の龍《ヴァナグロリア》の遺存宝器《レリクト・レガリア》、不死者《ラザルス》である相楽《サガラ》善《ゼン》、そして彼の剣《グラム》と別師霊《ことふつのみたま》——それらから吸い上げた膨大な龍因子によって、真藤《しんどう》シグレの龍因子保有量は鳴沢《ナルサワ》八尋《ヤヒロ》を超えた。その結果、侭奈《ままな》彩葉《いろは》——おまえの加護は真藤《しんどう》シグレに移行したのだ」

「わたしが知らないところで、勝手に推《お》し変《へん》させられたってこと……⁉」

「推《お》し変《へん》？」

それはよくわからない、というふうにスリアが眉をひそめた。もっとも彩葉《いろは》も、スリアの返事を期待していたわけではない。

「じゃあ、ヤヒロは……」

「今の鳴沢《ナルサワ》八尋《ヤヒロ》は、無力なただの人間だ。もっとも彼が生きていられる時間は、それほど長くは残っていないようだが」

「そん……な……」

意識のないヤヒロの身体《からだ》を抱きしめて、彩葉《いろは》が泣きそうな顔をした。

これほどまでに近くにいるのに、彩葉《いろは》の加護はヤヒロに届かない。死にかけている今のヤヒロに対して、龍の巫女《みこ》である彩葉《いろは》は無力だ。その事実が彩葉《いろは》を打ちのめす。それはヤヒロと出会ってから今まで、一度たりとも感じたことのない絶望感だった。

世界すら作り変える世界龍《ウロボロス》の巫女《みこ》でありながら、彩葉《いろは》は目の前にいる大切な人間一人をも救えないのだ。

「シグレさんは、どうなるんですか？」

打ちひしがれる彩葉《いろは》を悲しげに眺めながら、絢穂《あやほ》が絞り出すような口調でスリアに訊《き》いた。

スリアの答えは短かった。

「どうにもなりません」

「え……？」

「我々はもうなにもしない。する必要がない。真藤《しんどう》シグレの正体は不死者喰い《ラザルスイーター》……世界龍《ウロボロス》の力を封印するためだけに生み出された存在です」

スリアが絢穂《あやほ》を哀れむように淡々と告げる。

「彼の肉体は鳴沢八尋《ナルサワヤヒロ》の複製《コピー》であると同時に、我ら冥界監視者の使い魔たる無名天使でもある。真藤《しんどう》シグレは私たち冥界監視者の命令に逆らえません。彼はこのまま私たちが連れ帰って封印します。それで終わりです」

「終わり……って……」

絢穂《あやほ》が絶句する横で、彩葉《いろは》が呆然《ぼうぜん》と呟《つぶや》きを洩《も》らした。

スリアはどこか満足そうに微笑《ほほえ》んだ。

冥界監視者である彼女たちには、あえて状況を彩葉《いろは》たちに語る理由はない。

それでも彼女たちが説明しているのは、親切というよりも、単なる自己満足のためだろう。

数百年、あるいは数千年の長きにわたる冥界監視者の役目から解き放たれた。その解放感に彼女たちは酔っているのだ。

「世界龍《ウロボロス》を封印するということは、この冥界が世界龍《ウロボロス》の加護を失うということ。つまり、世界龍《ウロボロス》の寿命が尽きたのと同じ状態になるのです」

「それって……この世界が消滅するってこと……？」

「そういうことです」

彩葉《いろは》の弱々しい問いかけに、スリアは勝ち誇った笑みを浮かべる。

そしてスリアは裏切り者の堕天使へと目を向けた。

「おまえの負けだ、エリミエル。鳴沢《ナルサワ》八尋《ヤヒロ》を守ろうとしていたおまえの行動は、無意味だった。我らは冥界監視者としての役割を全うする」

「……いいえ、スリア・アルミロン。無意味などではありませんでしたよ」

修道服を着た堕天使が、くす、と小さな笑声を洩《も》らした。

困惑するスリアを見返して、エリは楽しげに目を細める。

「あなたは優秀な冥界監視者なのでしょう。天人の命令を疑うことなく、プログラムされたとおり忠実に実行しようとする。だから、あなたの行動は読みやすい」

「なにが言いたいのだ、エリミエル？」

「私は知っていたということです」

　エリが、三体の冥界監視者たちを見回した。

「鳴沢《ナルサワ》八尋《ヤヒロ》が異質《イレギュラー》な世界龍《ウロボロス》になった時点で、あなたが彼の封印を選択することはわかっていました。だから私は不死者喰《ラザルスイーター》いという封印の道具を用意した。ああ、でも、私が堕天しなければ、あなたはそれを使わなかったでしょうね。あなたは私のことが嫌いで、私を警戒していたから」

　クスクス、と楽しげに笑い出すエリを、彩葉《いろは》は呆然《ぼうぜん》と見つめていた。

　今のエリの表情は、自信なさげでいつも怯《おび》えていたかつての彼女とは別人のようだ。丁寧な物腰は変わっていないが、彼女の口調には隠しきれない悪意が滲《にじ》んでいる。

「ですが、私が堕天したことで、あなたは安心して不死者喰《ラザルスイーター》いを動かすことが出来た。それがもっとも確実な方法だと信じてしまったから」

　エリは醒《さ》めた眼差《まなざ》しを、三体の冥界監視者たちに囲まれたシグレに向けた。

　そして彼女は小さな呟《つぶや》きを口にする。彩葉《いろは》たちには聞き取れない異界の単語。なにかを起動するための呪文《キーワード》だ。

「そう。私はあなたに不死者喰《ラザルスイーター》いを使ってほしかったんです。ええ、感謝しますよ、スリア・アルミロン。これで私の願いが叶《かな》う！」

　エリが白い歯を見せて美しく笑った。

　シグレの身体《からだ》に異変が起きたのは、その直後だった。

倒れていた彼がカッと目を見開いて、その全身が炎に包まれる。

熔岩《ようがん》を思わせる灼熱《しゃくねつ》の炎は、鎧《よろい》のようにシグレの全身を覆った。龍の鱗《うろこ》を思わせる深紅の鎧《よろい》。彩葉《いろは》はそれを知っていた。ヤヒロが纏《まと》う血の鎧《ゴア・クラッド》だ。

「真藤《しんどう》シグレ⁉　いったい、なにが……⁉」

「──スリア・アルミロン。忠実で愚かな冥界監視者よ。あなたは気づかなかったのでしょうね、真藤《しんどう》シグレという不死者喰《ラザルスイーター》いに、堕天使である私が呪いをかけていたことに」

「呪いだと？」

スリアが恐怖の籠もった視線をエリに向けた。同じ冥界監視者である彼女にも、エリの言葉が理解できていないのだ。

エリは悪戯《いたずら》が成功した子供のように、にやける口元を両手で隠している。

「不死者《ラザルス》の細胞を培養する際に、ちょっとした罠《トラップ》を仕掛けておいたのです。ええ、この冥界《セカイ》で言うところのウイルス、トロイの木馬というやつです」

彩葉《いろは》たちが呆然《ぼうぜん》と見守る中で、シグレの肉体は変貌を続けていた。

全身は数倍にも膨れ上がり、歪《いびつ》な怪物の姿へと変わっていく。

かつてのヤヒロと同じ光景。龍化だ。

無名天使の肉体と不死者《ラザルス》の細胞によって生み出された青年の肉体を贄《にえ》にして、深紅の龍が顕現しようとしているのだ。

「不死者喰い《ラザルスイーター》は世界龍《ウロボロス》を封印するための道具などではありません。その逆、世界龍《ウロボロス》を実体化させるための生贄《いけにえ》なのです」

エリの頬に刻まれた笑みが深くなる。

すべては彼女が、鳴沢八尋《ナルサワヤヒロ》という特別《イレギユラー》な世界龍《ウロボロス》の存在を知ったことから始まった。

ヤヒロの細胞を使った不死者喰い《ラザルスイーター》に小さな小さな呪いを仕込み、それに気づかれないように堕天使となって冥界監視者たちのもとを離れた。

ヤヒロと彩葉《いろは》が隠れ住む島の存在を冥界監視者たちが知ったのも、エリが島を訪れたせいだ。

そしてスリアは、エリの策謀に気づかず、シグレに世界龍《ウロボロス》の権能を引き継がせた。その結果、実体化した世界龍《ウロボロス》という凶悪な兵器をエリは手に入れようとしている。

「黙示録の……赤い龍……おまえはそれを召喚しようというのか、エリミエル！」

「新たな世界すら創《つく》り出《だ》す世界龍《ウロボロス》の権能をもってすれば、次元の壁を越え、天界に攻めこむことすら不可能ではないでしょう。世界同士がぶつかれば、天界もただでは済まないでしょうね」

エリが銀色の翼を広げた。空へと舞い上がった彼女は、龍と化したシグレのほうへと向かう。

「堕天使エリミエル！」

「貴様は天界を滅ぼすつもりかっ！」

スリアの仲間の冥界監視者たちが、エリの行く手を阻《はば》もうと飛翔《ひしょう》する。

だがそれは、あまりにも無謀な行動だった。

二体の冥界監視者の前に、深紅の龍と化したシグレが立ちはだかる。

「エリミエル……貴様、不死者喰い《ラザルスイーター》の制御権を……！」

「ええ。真藤《しんどう》シグレの肉体に使われている無名天使は、もともと私の使い魔ですから」

クス、とエリが洩《も》らした失笑を、監視者たちが聞き届けることはなかった。深紅の龍が放った灼熱《しゃくねつ》の閃光《せんこう》が、彼らを焼き尽くしていたからだ。

「この冥界《セカイ》を滅ぼすのが、冥界監視者の役目なのでしょう？　私はそれを忠実に実行しますよ。ついでにちょっと天界を巻きこむだけです」

龍の巨体のすぐ隣を、銀色の翼の天使が舞う。世界の終焉《しゅうえん》を思わせる荘厳《そうごん》な光景だ。

「さあ、復讐《ふくしゅう》の時間です。私たちを見捨てた天界に、その罪を贖《あがな》ってもらいましょう」

高らかに歌うような口調で、エリが告げる。

そんな彼女を、彩葉《いろは》たちはただ呆然《ぼうぜん》と見上げていたのだった。

4

「ねえちょっと！　ジュリっち、ロゼっち、どうしたらいいの!?」

澄華《すみか》が切羽詰まった口調でジュリたちに訊《き》く。

エリの支配下に入った深紅の龍は、すでに全長二十メートルを超えて、更に巨大化を続けていた。本来なら幽世《かくりよ》にしか存在しないはずの世界龍《ウロボロス》が、現世側で実体化しようとしているのだ。

「彩葉《いろは》、真藤《しんどう》シグレに対する龍因子の供給を止めることはできないのですか？」

ロゼが普段どおりの醒《さ》めた口調で尋ねてくる。

しかし彩葉《いろは》は弱々しく首を振るだけだ。

「もともと龍因子の供給なんて意識してないよ。そもそもヤヒロに願いを叶《かな》えてもらってるのは、わたしだけじゃないからね……」

「そういえばヤヒロはそういう変則的な形で、世界龍《ウロボロス》の力を手に入れたんでしたね……」

ロゼが重々しく息を吐く。

本来の世界龍《ウロボロス》が実現するのは、龍の巫女《みこ》の願いだけ。しかし彩葉《いろは》は自らの権利を放棄して、世界中のすべての人々に世界の維持を要求した。

つまり世界龍《ウロボロス》となったヤヒロを支えているのは、全人類の総意なのだ。その性質は、おそらく真藤《しんどう》シグレにもそのまま引き継がれているはずだ。

たとえ彩葉《いろは》が龍因子の供給を止めても、世界龍《ウロボロス》が消滅することはない。世界龍《ウロボロス》が世界を守護しているのと動揺に、世界龍《ウロボロス》の存在もまた、この世界によって支えられているからだ。

「だからといって、このまま放置するわけにもいかないんだよね」

「ええ。エリが世界龍《ウロボロス》を連れて天界とやらに侵攻すれば、龍に取り残されたこの世界はどのみち滅びます。そうなる前に、ヤヒロが世界龍《ウロボロス》の力を取り戻すのがベストなのですが——」

血塗《ちまみ》れで彩葉《いろは》に抱かれているヤヒロを見下ろして、ロゼは言葉を切った。

かつて鳴沢珠依《ナルサワスイ》と戦ったときに比べても、状況は悪い。使える戦力はあまりにも乏しく、残された時間もほとんどない。

今の日本政府が世界龍《ウロボロス》の存在に気づいたとしても、彼らが対策を打ち出すころには、すべて手遅れになっているだろう。

「——ねえ、スリア・アルミロン。今だけちょっと共闘しようか」

「え？」

放心したように龍を見上げていたスリアが、ジュリに呼ばれて、困惑したように目を瞬《またた》いた。

「世界龍《ウロボロス》を放置して、天界とやらに攻めこまれたらまずいのは、そっちも同じでしょ。あの不死者喰《ラザルスイーター》いってのをどうにかするまで、うちらと協力するってのはどう？」

ジュリが不敵な笑みを浮かべて取り引きを持ちかける。

スリアは胡乱《うろん》げな眼差《まなざ》しをジュリへと向けた。

冥界監視者であるスリアは、この世界を滅ぼそうとした張本人だ。普通に考えるなら人類と共闘などできるはずがない。

しかしジュリはそんなスリアの素性を知った上で共闘を持ちかけた。それだけのメリットがあると計算したからだ。

「……私になにをさせるつもりだ？」

「世界龍《ウロボロス》はうちらが引きつけるから、その間にエリちゃんを始末してくれないかな。同族殺しを頼むのは気が引けるけど、空を飛んでる天使様の相手は、うちらには荷が重くてね」

「エリミエルは天使ではないし、ヤツはもはや我らの同族でもない。敵だ」

スリアがジュリの発言を訂正する。

それを聞いて、ジュリは我が意を得たりとばかりに微笑《ほほえ》んだ。

「その返事は、共闘してもらえるってことでいいのかな？」

「好きに解釈しろ。私はエリミエルを倒せればそれでいい」

スリアは乱暴に言い放つと、龍の背に乗っているエリを見上げた。

世界龍《ウロボロス》を従えている今のエリに、正面から挑むような真似《まね》はできない。そんなことをすれば、スリアの仲間の冥界監視者たちの二の舞だ。

ギャルリー・ベリトと世界龍《ウロボロス》が戦っている間に、エリの一瞬の隙を突く。それがスリアに与えられた唯一の勝機だ。そして世界龍《ウロボロス》を倒す有効な手段を持たないジュリたちにとっても、それ以外の選択肢がないというのが実情だった。

「そういうことだから、あとは任せるよ、相楽善《サガラゼン》。澄華《すみか》」

続けてジュリはゼンと澄華《すみか》に声をかける。

「わかっている。龍の相手をするのは不死者《ラザルス》の役目だからな」

「うん、やるしかないよね」

ゼンが生真面目《きまじめ》な口調で呟《つぶや》き、澄華《すみか》も自分の腹に手を当ててうなずいた。

龍を殺すのは龍殺しの英雄――すなわち不死者《ラザルス》の役割だ。そしてヤヒロが倒れた今となっては、ゼンはこの世界に残された唯一の不死者《ラザルス》である。

今のゼンにこの場から逃げるという選択肢はない。

それはゼン自身が誰よりもよくわかっていることだ。彼には背負うものがあるのだから――

「絢穂《あやほ》には、彩葉《いろは》とヤヒロの守りを任せます。もっとも無理はしないように。いくらレリクト適合者《デイザーバー》でも、世界龍《ウロボロス》を相手にまともに戦えるとは思わないでください」

「は、はい……」

ロゼに呼びかけられた絢穂《あやほ》が、表情を強張《こわば》らせながらうなずいた。

死にかけている今のヤヒロは動かせない。当然、彩葉《いろは》もこの場を離れるつもりはない。二人を守れるのは遺存宝器《レリクト・レガリア》を持つ絢穂《あやほ》だけだ。

その責任が、重圧となって絢穂《あやほ》にのしかかる。

彩葉《いろは》はそんな絢穂《あやほ》を見上げて、いつになく悄然《しょうぜん》とした様子で項垂《うなだ》れた。

「ごめんね、絢穂《あやほ》……わたしのせいで……ごめんね……」

「彩葉《いろは》ちゃん……」

絢穂《あやほ》は慌てて彩葉《いろは》の前に屈《かが》みこんだ。

今の彩葉《いろは》の外見年齢は、絢穂《あやほ》ともうほとんど変わらない。かつてあれほど頼もしかった姉の弱々しい姿に、絢穂《あやほ》は軽く衝撃を受ける。

シグレがヤヒロの加護を奪い、世界龍《ウロボロス》として実体化したのは彩葉《いろは》のせいではない。しかし彩《いろ》葉《は》はそのことに責任を感じている。

世界龍《ウロボロス》の巫女《みこ》となった彩葉《いろは》の決断は、世界の命運を左右する。その責任に、彩葉《いろは》はヤヒロと二人きりでずっと耐えてきたのだ。

そんな彩葉《いろは》を、絢穂《あやほ》は強く抱きしめた。

「彩葉《いろは》ちゃんはなにも悪くないから。そんなことを言ったら、私だって……私がシグレさんを助けたりしたせいで……」

彩葉《いろは》が日本に来たのは、攫《さら》われた絢穂《あやほ》を助けるためだった。そしてシグレが世界龍《ウロボロス》と化した一因は、絢穂《あやほ》が彼に龍因子を供給したことだ。

その罪の重さを感じて、絢穂《あやほ》はたまらず涙を零《こぼ》す。

「絢穂《あやほ》……」

それにつられて彩葉《いろは》も嗚咽《おえつ》を始めた。

姉妹が抱き合って号泣する中、ヤヒロは意識を取り戻すことなく、死んだように眠り続けていた。

5

燃え盛る炎が、廃墟《はいきょ》の空を赤く染めていた。

無人の街。倒壊した高層ビル。亀裂に覆われ、陥没した道路。錆《さ》びた鉄を含んだ赤い雨。

日本という国が一度滅びた、あの夏の景色。

ひどく懐《なつ》かしい光景だ。


「まだ……生きてらしたんですね、兄様《にいさま》。もっとも今度こそ死にかけてるみたいですけども」


霧のように降りしきる赤い雨の中、純白の髪の少女がヤヒロを見つめていた。

彼女の赤い瞳を見て、ヤヒロは不思議な感覚に囚《とら》われる。

色褪《いろあ》せた写真を見ているような、寂しさと穏やかさが同居したような感情。彼女の姿を見て、そんな気分になる日が来るとは自分でも信じられない気分だった。

「珠依《スイ》、か」

ヤヒロは苦笑まじりに彼女の名前を呼んだ。

少女が、美しい顔を不機嫌そうにしかめた。いかにも彼女らしい表情だ。

「どうして笑っているのですか。気持ち悪い」

「また会えるとは思ってなかったからな」

「べつに会いたくもなかったでしょうに」

「そんなことはないさ。兄妹《きょうだい》だからな」

ヤヒロの素直な言葉を聞いて、少女はやれやれと肩をすくめた。しかし、さっきまでの不機嫌そうな表情は消えている。

「世界が滅びかけているというのに、いい気なものですね」

「そうだな」

突き放すような妹の言葉に、ヤヒロはうなずいた。

自分が死にかけていることは理解していた。不死者《ラザルス》の力を失い、重傷を負った。たとえ意識を取り戻したとしても、動くことすらできずに死を待つだけだろう。

それでも戻らなければ、とヤヒロは思った。

彼女が泣いているからだ。

ヤヒロ自身は、きっとなにも変わっていないのだろう。

不死者《ラザルス》の力をなくしたヤヒロには、なんの力もない。あの夏、日本が滅ぶのを為《な》すすべもなく見ていた無力な少年のままだ。

だがそれでも、彼女のことだけは守ると決めたのだ。廃墟《はいきょ》の街で出口の見えない絶望に沈んでいた自分を救ってくれたのは、彼女の笑顔だけだったから――

「どこに行く気です？」

背中を向けたヤヒロに向かって、珠依《スイ》が訊《き》く。

「世界龍《あいつ》をほっとくわけにはいかないだろ」

ヤヒロは迷うことなくそう言った。

たとえ無力な少年のままでも、ヤヒロはあの場所に戻らなければならない。

あの赤い龍を滅ぼさなければ、彼女の笑顔が戻ることはないからだ。

「今の兄様《にいさま》になにが出来るとも思いませんが」

「だとしても、なんとかしないとな。おまえを犠牲にして守った世界だからな」

あの世界は、決して楽園などではない。死と争いに満ちた過酷な場所だ。

だが、そんな世界を滅びの運命から解き放つために、多くの人々が犠牲になった。

その犠牲者の中には、もちろん珠依《スイ》も含まれている。

しかし珠依《スイ》は、呆《あき》れたように首を振る。

「私は、犠牲になったつもりはありませんが。あなたが、私を救ってくれたから」

「珠依《スイ》？」

拗《す》ねた子どものような表情を浮かべる妹を、ヤヒロが怪訝《けげん》な表情で見つめる。

「気づいていましたか、兄様《にいさま》？　あの女が世界の存続を願ったから、私たちの想《おも》いは今もこうして残っていられるんですよ」

ふん、と小さく鼻を鳴らして、珠依《スイ》が続けた。

「あの女に伝えてくださいね。私はあなたが嫌いだから、あまり情けない姿を晒《さら》してると兄様を取り返しに行くって」

純白の髪の小柄な少女が、ヤヒロの胸にしがみついてくる。

今はもういないはずの彼女の温《ぬく》もりを、その瞬間、ヤヒロははっきりと感じた気がした。

そして――


「珠《ス》……依《イ》……ッ！」

「え⁉」


目覚めたヤヒロが最初に目にしたのは、視界のほとんどを覆う彩葉《いろは》の胸の膨らみだった。

真っ赤に目を泣き腫らした彩葉《いろは》と絢穂《あやほ》が、唐突に意識を取り戻したヤヒロを見て、呆気《あっけ》にとられている。

言葉をなくしてぽかんと口を開けていた彩葉《いろは》が、ハッと我に返って眉を吊《つ》り上《あ》げた。

そして膝の上に抱いたままのヤヒロの頬を乱暴につねり上げる。

「どういうことかな⁉　譫言《うわごと》で珠依《スイ》ちゃんの名前を呼ぶって……浮気《うわき》かな⁉」

「彩葉《いろは》ちゃん、そんなことを言ってる場合じゃないから……！」

絢穂《あやほ》がおろおろと両手を振りながら彩葉《いろは》を制止する。

なにしろヤヒロはついさっきまで重傷を負って死にかけていたのだ。たかが寝言くらいで文句を言っている場合ではない。

だが次の瞬間、平然と起き上がったヤヒロを見て、絢穂《あやほ》は驚愕《きょうがく》に目を見開いた。

「ヤヒロさん、傷が……！」

「ああ、死に損なったみたいだな」

深々と抉《えぐ》り取《と》られていたヤヒロの右肩の傷が、白い蒸気を噴き上げながら、見る間に塞がって消えていく。失われていた血液も、しばらく待てば回復するはずだ。

不死者《ラザルス》の持つ治癒力が復活しているのだ。

「どうして……⁉　世界龍《ウロボロス》の力が戻ったわけじゃないのに……」

さすがの彩葉《いろは》も驚きに目を見張っていた。

ヤヒロに対する火の龍《アワリティア》の加護は戻っていない。そのことは龍の巫女《みこ》である彩葉《いろは》が誰よりもよくわかっている。

しかしヤヒロは、なにも言わずにただ獰猛《どうもう》に微笑《ほほえ》んだ。

説明して理解してもらえるとは思えない。それが必要なこととも思わない。

重要なのは、ヤヒロが戦う力を取り戻したということだ。

龍殺しの英雄の力を。

「話はあとだ。まずは世界の危機をどうにかしないとな」

抜き身のまま地面に落ちていた刀を拾って、ヤヒロは深紅の巨大な龍を見上げた。

そして、口の中だけで小さく呟《つぶや》く。自らに言い聞かせるように——

「さあ、復讐《ふくしゅう》の時間だぜ」

6

マイナス二百度以下——超低温の液体窒素の雨が、緋色《ひいろ》の龍の全身に降り注ぐ。

ゼンが操る水の龍《アシーデイア》の権能だ。

体内の水分が一瞬で凍りつき、凍結膨張によって細胞そのものを破壊する。この状態に耐えられる生物は存在しない。それがたとえ実体化した龍であってもだ。

しかし緋色《ひいろ》の世界龍《ウロボロス》は、その液体窒素の雨の中でも平然と立っていた。

攻撃対象が巨大すぎて、ゼンの権能による凍結が追いつかない。

龍の持つ再生能力が、凍結による細胞破壊の速度を上回っているのだ。

それでも絶え間なく降り注ぐ凍気の雨が、多少は不快ではあるのだろう。実体化した世界龍《ウロボロス》はゼンに向かって、時折、思い出したように攻撃を仕掛けてくる。

深紅の巨体が吐き出す灼熱《しゃくねつ》の閃光《せんこう》がアスファルトの道路を融解させ、巨大なビルを一瞬で蒸発させた。吹きつけてくる熱風がゼンの肌を焼き、高温の爆煙が視界を奪う。

「なんてやつだ……」

水蒸気爆発を利用した高速移動で世界龍《ウロボロス》の攻撃範囲から逃れつつ、ゼンは、激しい焦燥を覚えていた。

たしかにゼンは、世界龍《ウロボロス》の注意を引きつけることに成功している。

その結果として、多少は周囲の被害が減ってもいるのだろう。

だが、ゼンに出来るのはそれだけだ。

世界龍《ウロボロス》に有効なダメージを与えることなどできないし、ましてや致命傷など望むべくもない。

ゼンの消耗だけが一方的に嵩《かさ》んでいくだけだ。

そしてなによりもゼンを焦《あせ》らせているのは、世界龍《ウロボロス》が今も成長を続けているという事実だった。

出現した直後に比べて、深紅の龍の全長は二倍以上に伸びているだろう。

頭部を覆う角《つの》も増え、背中に広がる翼も数を増している。

その成長の糧《かて》となっているのは、周囲の空間そのものだ。

深紅の龍の周囲にブロックノイズのような亀裂が走り、その空間そのものが龍の肉体へと呑《の》みこまれていく。

建物も、街路樹も、道路のアスファルトも交通標識もなにもかもが極彩色のノイズとなって世界龍《ウロボロス》の一部に変わるのだ。

だがそれも、ある意味では当然の帰結だといえるだろう。

この冥界《セカイ》は、世界龍《ウロボロス》が生み出した幻想の世界――初めから世界龍《ウロボロス》の一部だったのだから。

いわばゼンはたった一人で、世界そのものと戦っていたのだ。勝ち目などあるはずがない。

「だからといって、諦める理由になるものか……！」

ギリギリと奥歯を噛《か》み鳴らし、ゼンは氷を足場に空中へと舞った。

ゼンの力で、世界龍《ウロボロス》を倒すことはできない。

しかし世界龍《ウロボロス》を操っている堕天使――エリが相手なら話は別だ。

そして彼女を倒せば、少なくとも世界龍《ウロボロス》による天界への侵攻は阻止できる。世界龍《ウロボロス》への対抗手段を用意するための時間を稼ぐことができるのだ。

世界龍《ウロボロス》自身が放った爆煙と、ゼンの権能が生み出した濃霧に紛れて、エリへと近づき、彼女を倒す――だが、そんなゼンの作戦はエリに読まれていた。

「っ⁉」

濃霧を抜けたゼンの視界を塞いだのは、世界龍《ウロボロス》の巨大な尻尾だった。

ゼンが自分を狙ってくるタイミングを見透かして、エリは世界龍《ウロボロス》を旋回させていたのだ。

「ぐ……お……！」

水蒸気爆発を使って咄嗟《とつさ》に回避しようとしたゼンだが、完全に攻撃をかわすには、世界龍《ウロボロス》は巨大過ぎた。深紅の尾から生えた無数の突起に引っかけられて、ゼンは、そのまま近くのビルの壁面へと叩《たた》きつけられる。

数え切れないくらいの無数の骨折と、内臓の破裂。不死者《ラザルス》の治癒力をもってしても、すぐには回復しきれない重傷だ。

そしてそんなゼンに向かって、世界龍《ウロボロス》が巨大な顎を開く。

超高温の閃光《せんこう》で、ゼンを跡形もなく消し飛ばすつもりなのだ。

「ちっ……！」

細胞の一片も残さずに消滅した場合、果たして不死者《ラザルス》は復活できるのか。それを試したことはなかったし、試してみたいとも思わなかった。

しかし身動きすらできない今のゼンに、世界龍《ウロボロス》の閃光《ブレス》を防ぐ手段はない。

「澄《すみ》……華《か》……！」

ゼンの脳裏を、愛する女性の笑顔がよぎった。

轟音《ごうおん》とともに放たれた灼熱《しやくねつ》の閃光《せんこう》がゼンの視界を埋め尽くし、炎が彼の肉体を包む——そう思われた瞬間、見えない壁にぶつかったように、すべての閃光《せんこう》がゼンの眼前で弾《はじ》かれた。

そして逆流した炎が、世界龍《ウロボロス》を襲う。

自らが吐き出した炎をまともに浴びて、世界龍《ウロボロス》の巨体が吹き飛んだ。

「な……」

なにが起きたのか理解できずに、ゼンは頼りなく首を振った。

世界龍《ウロボロス》の炎すら撥《は》ね返《かえ》す不可視の障壁。その権能をゼンは知っていた。

だが、その権能を使える者はもう存在しないはず。その事実がゼンを混乱させる。

「地の龍《スペルビア》の斥力障壁《チビキノイワ》だと……⁉」

ようやく再生を終えた両腕で瓦礫《がれき》を押しのけて、ゼンは立ち上がった。

そんなゼンを、壊れた壁の上から見下ろしてくる人影があった。日本刀を携えた少年だ。ジャケットの肩が深々と切り裂かれているが、そこからのぞく肌に傷はない。

「悪い、相楽《サガラ》。待たせたな」

「鳴沢《ナルサワ》⁉　不死者《ラザルス》の力を取り戻したのか？　なぜおまえが地の龍《スペルビア》の権能を……」

「さあな。俺にもよくわからん。あいつの考えていることは、昔から俺にはさっぱりだ」

不死者《ラザルス》の力を失って死にかけていたはずのヤヒロが、少し困ったように頭を掻《か》く。重い荷物を下ろした直後のような、力の抜けた晴れやかな表情だ。

「だが、この際、理由なんてなんでもいいさ。それで世界龍《あれ》をぶっ倒せるのならな」

そう言ってヤヒロは、ビル群の真ん中に立つ世界龍《ウロボロス》を睨《ね》めつけた。

周囲の空間を喰《く》って、成長を続ける深紅の龍。

その巨体に向かって右手を伸ばし、ヤヒロはなにかをつかむように力強く手を握る。

「──開け、【冥界門《プルトネイオン》】！」

その瞬間、世界龍《ウロボロス》の足元の地面が漆黒の闇に包まれた。

凪《な》いだ湖の水面を思わせる、底の見えない縦孔《たてあな》への入り口。

深い深い奈落の底へと龍の巨体が落ちていく。

幽世《かくりよ》へと続くその深い穴の底こそが、世界龍《ウロボロス》との決戦の舞台なのだった。

7

緋色《ひいろ》の龍の足元に、前触れもなく巨大な縦孔《たてあな》が口を開けた。

不可視の斥力《せきりよく》障壁に突き落とされるようにして、世界龍《ウロボロス》がその穴の底へと落ちていく。

修道服を着た堕天使は、ビルの谷間からその光景を呆然《ぼうぜん》と見下ろしていた。

「冥界門《プルトネイオン》……地の龍《スペルビア》の権能が、どうして……!?」

かつて無数の魍獣《もうじゆう》を生み出し、日本を壊滅状態にまで追いやった冥界の入り口。だが、鳴沢《ナルサワ》珠依《スイ》が消滅したことで、その権能の使い手はいなくなったはずだった。

「いえ……そうか、ヤヒロさんは二重属性の不死者《ラザルス》……地の龍《スペルビア》の加護も受けていたのでしたね……ふふっ、流石《さすが》です」

エリが本気で感心したように呟《つぶや》いた。

ヤヒロは侭奈彩葉《ままないろは》の加護を受けた不死者《ラザルス》であると同時に、地の龍《スペルビア》の巫女《みこ》である鳴沢珠依《ナルサワスイ》の加護も受けていた。

だから、彼には地の龍《スペルビア》の力を使う権利がある。

火の龍《アワリティア》の加護を真藤《しんどう》シグレに奪われたことで、これまで使えなかった地の龍《スペルビア》の権能に覚醒した──そう考えれば辻褄《つじつま》が合わないわけではない。

想定外の事態ではある。しかし、彼はもともと想定外の不死者《ラザルス》なのだ。今さらイレギュラーな要素が一つや二つ増えたところでどうということはない。

「ですが、結果は同じですよ。私が造り出した不死者喰い《ラザルススイーター》はあなた自身なのですから。あなたの力では決して倒せない。ほんの少し手間が増えただけなんです」

そう独りごちて、エリはクスクスと笑った。

この冥界《セカイ》すべてを喰《く》らう世界龍《ウロボロス》に対して、不死者《ラザルス》の力はあまりにも脆弱《ぜいじゃく》だ。そのことは水の龍《アシーデ》の加護を受けた相楽善《サガラゼン》が証明している。

今さらヤヒロが新たな力に目覚めたところで、復讐《ふくしゅう》の障害にはなり得ない。

とはいえ、エリが世界龍《ウロボロス》と切り離された今の状態は、不都合といえば不都合だ。

エリ自身も冥界門《プルトネイオン》の中へと侵入するべきか──そんな葛藤にエリが一瞬気を取られた直後、彼女の視界の端を銀色の輝きが駆け抜けた。

「エリミエエエエエエル！」

銀光の正体は、冥界監視者の翼だった。

鉤爪《かぎづめ》を剝《む》き出《だ》しにしたスリア・アルミロンが、頭上の死角からエリを襲ってくる。

「あら、スリア」

エリは驚いたように目を見開いて、スリアを見上げた。

同じ冥界監視者同士、エリとスリアの飛行能力に大きな差はない。このタイミングならば、絶対にエリはよけられない。

そんな狙い澄ましたスリアの必殺の一撃は、しかし予想外の衝撃によって阻《はば》まれる。

「なっ⁉　無名天使……だと……」

エリの攻撃を受け止めていたのは、虹色に輝く猛禽《もうきん》もどきの怪物だった。

不死者《ラザルス》たちとの戦闘ですべて喪失したはずの使い魔。無名天使。

スリアの爪に刺し貫かれた無名天使が、断末魔の絶叫を上げて消滅する。

だが、そのせいでスリアの奇襲はエリに露見した。そしてビルの隙間に隠れていた無名天使たちが、次々に出現してスリアを包囲する。策に嵌まったのはエリではない。スリアのほうだ。

「なるほど。世界龍《ウロボロス》を不死者《ラザルス》たちが引きつけている隙に、私を狙えと言われたのですね。愚直なあなたらしくない小細工です。人間の入れ知恵ですか？」

焦燥に顔を歪《ゆが》めるスリアを見上げて、エリが笑った。スリアの憤怒《ふんぬ》の視線など歯牙《しが》にもかけない、圧倒的な強者の笑みだ。

「ええ、狙いはよかったと思います。でも、言ったでしょう、あなたの行動は読みやすいって。人間たちが空を飛べない以上、あなたが私を襲ってくることはわかっていました。世界龍《ウロボロス》を倒す手段がない以上、私を狙うのは当然ですからね」

「エリミエルッ……！」

スリアは必死にエリへと近づこうとする。その距離はわずか十メートル足らず。しかしエリが最後まで温存していた六体の無名天使が、スリアの行く手を阻《はば》む。

必死で抵抗するスリアだが、多勢《たぜい》に無勢《ぶぜい》だ。どうにか三体目までを倒したところで、無名天使の爪が、スリアの翼をとらえた。

あとはもう一方的だった。動けなくなったスリアに天使たちが群がり、絶え間なく攻撃を加えてくる。必死で身を守ろうとするスリアだが、たちまち全身をズタズタに引き裂かれた無惨《むざん》な姿へと変わった。

エリは自らの鉤爪《かぎづめ》を顕現させて、そんなスリアにとどめを刺そうと近づいていく。それはかつての仲間に対する最後の慈悲だった。

「さようなら、スリア。あなたの魂に、冥界での安らぎがあらんことを」

白々しい祈りの言葉を唱え、エリが右手を振り上げる。

遥《はる》か遠くのビルの屋上で、一瞬の光が煌《きら》めいたのはそのときだ。

「――っ⁉」

無名天使の一体を貫いた弾丸が、そのままエリの肩口を襲った。

神気《しんき》によって守られているはずの冥界監視者の肉体が、鮮血を散らす。

スナイパーライフルによる長距離狙撃。信じられない精度と威力だ。

「これは……人工レリクトの弾丸⁉　いったい、誰が……⁉」

苦悶《くもん》の表情を浮かべながら、エリは狙撃手のほうへと視線を向けた。

一キロ近く離れたビルの屋上にいたのは、東洋系の小柄な女性だ。人間離れしたエリの視力が、彼女の青く染めた前髪を確認する。

「ロゼッタ・ベリト……！」

エリが動揺から立ち直る前に、狙撃手は次の弾丸を放っていた。

スリアを襲っていた無名天使が頭部を撃ち抜かれて次々に消滅する。

通常兵器では傷つけられない無名天使を撃ち抜く人工レリクトの弾丸。それは冥界監視者であるエリにとっても、致命傷を与えうる危険な武器だ。

「だけど、狙撃なんて、射線から逃れてしまえば……！」

最後に残った無名天使を楯《たて》にして、エリは近くにあるビルの影へと逃げこんだ。

そんなエリの全身に激痛が走った。目に見えないほどの細い鋼線が、蜘蛛《くも》の巣《す》のようにビルとビルの谷間に張り巡らされていたのだ。

「人間は空を飛べないから、空中にいれば安全だと思った？」

「ジュリエッタ・ベリト⁉」

細い鋼線を足場に使って、ジュリが空中に立っている。

エリがそれに気づいたのは、すれ違いざまに突き出されたジュリの刀がエリの胸を刺し貫いたあとだった。

博物館から引っ張り出してきたような、骨董品《こっとうひん》めいた古い日本刀だ。

だが、その刃《やいば》からは眩《まばゆ》いほどの龍気《りゅうき》が立ち上っている。

「馬鹿な……あなたたちがレリクト適合者《ディザーバー》なんて情報はなかった……」

遺存宝器《レリクト・レガリア》の刀を握るジュリを見返して、エリが呻《うめ》いた。

「人類の悪意を舐《な》めたあなたの負けだよ、堕天使ちゃん」

鋼線に搦《から》め捕《と》られたエリを見返して、ジュリが哀れむように微笑《ほほえ》んだ。

露悪的なジュリの言葉につられたように、エリもうっすらと苦笑する。

「まさか……スリアのほうが囮《おとり》だったなんて……騙《だま》し合《あ》いじゃ人間には敵《かな》わないな、やっぱり」

呟《つぶや》くエリの口から、血塊《けっかい》が零《こぼ》れた。

銀色の翼が輝きを失い、燃え尽きるように消えていく。

「頑張ってくださいね……罪と争いに満ちたあなたたちなら、いつか天界のクソ野郎どもにも復讐《ふくしゅう》できると思うから……私のぶん……まで……」

胸の前で両手を合わせて、エリは満足そうに目を閉じる。

二度と目覚めることのない彼女に、ジュリは、いつかね、と祈るように小さく告げる。

8

静謐《せいひつ》な水面を思わせる漆黒の闇が、地面を静かに覆っていた。

冥界門《プルトネイオン》。ヤヒロが生み出し、深紅の龍を閉じこめた、奈落の底への入り口だ。

その縦孔《たてあな》の縁《ふち》に立って、彩葉《いろは》は孔《あな》の底をのぞきこんでいる。

「ちょっ……彩葉《いろは》、あんた、本気でこんなところに入る気⁉」

彩葉《いろは》の肩をつかまえて、必死に引き止めているのは澄華《すみか》だった。手を離すと彩葉《いろは》が孔《あな》に飛びこむと思っているのか、どこか必死の形相《ぎょうそう》だ。

「冥界門《プルトネイオン》だよ⁉　冥界門《プルトネイオン》⁉　いくらヤヒロが開いた孔《あな》って言っても……」

「彩葉《いろは》ちゃん、私もやめておいたほうがいいと思う」

絢穂《あやほ》も控えめな口調で彩葉《いろは》を説得する。ただこちらは、声に若干の諦めの色が混じっていた。

一度言い出したら聞かない姉の性格を、絢穂《あやほ》は妹としてよく知っているのだ。

「わかってる。けど、わたしが行かなきゃダメなの！　そんな気がするの！」

「そんなこと言っても、どうやって下まで降りるのよ……」

「うー……それは……」

底の見えない深い孔《あな》を見下ろして、さすがの彩葉《いろは》も口ごもった。

冥界門《プルトネイオン》の側壁は、正確には完全に垂直というわけではない。足場になりそうな岩棚もところどころに存在する。そこを飛び移っていけば、下まで降りられないということはないはずだ。

ヤヒロやゼンはそうやって冥界門《プルトネイオン》の底へと向かったはずだ。

もっとも不死者《ラザルス》でもない普通の人間の身体能力で、そんなことをするのは不可能である。龍の巫女《みこ》である彩葉《いろは》や澄華《すみか》も、肉体的には常人と変わりないのだ。

拗《す》ねた子どものように唇を嚙《か》みながら、ぐぐぐ、と悔しげに彩葉《いろは》が喉を鳴らす。

そんな彩葉《いろは》の背後から、ディーゼルエンジンの騒音と悲鳴のようなブレーキの音が聞こえてきた。冥界門《プルトネイオン》のすぐ傍《そば》まできて停止していたのは、見覚えのある暗緑色の車体。ギャルリー・ベリトの装輪装甲車だ。

「――ったく、ギンギラギンの化け物に襲われたと思ったら、今度は龍の相手かよ。いくらなんでも人使い荒すぎないか⁉」

装甲車のドアを後部ハッチを開けて、金髪の白人男性がぼやきながら降りてくる。

懐《なつ》かしい彼の顔を見て、彩葉《いろは》が、あっ、と声を上げた。

「ジョッシュさん！」

「よう、久しぶりだな、彩葉《いろは》。元気そうでなによりだ」

「どうしてここに⁉　メキシコに行ってたんじゃなかったの⁉」

「このチビっ子が、おまえのところにこいつを連れてけってうるさくてな」

ジョッシュが背後を振り返って、気怠《けだる》げに顎をしゃくる。

装甲車の中から出てきたのは、十歳ほどの小柄な少女だ。

「瑠奈《るな》⁉」

無表情にたたずむ瀬能瑠奈《せのうるな》が、彩葉《いろは》に名前を呼ばれて、大きく瞬《まばた》きをする。

彼女の腕の中に抱かれているのは、ぬいぐるみに似た真っ白な毛並みの魍獣《もうじゅう》だった。

9

光の射《さ》さない闇の底で、龍の巨体だけが炎のような赤い輝きを放っていた。

周囲の空間を喰《く》って、成長するはずの世界龍《ウロボロス》。しかしその権能が発動しない。満たされない餓《う》えに苦しむように、深紅の巨体が悶《もだ》えている。

冥界門《プルトネイオン》は、幽世《かくりよ》と呼ばれる異空間への入り口だ。世界を喰《く》らう龍の権能は、この空間では役に立たないのだ。

「なるほど。冥界門《プルトネイオン》の中なら、世界龍《ウロボロス》もこれ以上は成長することができない、か」

「ああ。これなら街への被害も少しは抑えられるだろ」

納得したようなゼンの呟《つぶや》きに、冥界門《プルトネイオン》の側壁を滑り降りてきたヤヒロが得意げに答える。

現在の世界龍《ウロボロス》の全長は三十メートルといったところ。出現した当初の倍以上だ。遠目に見ても、その威圧感は凄《すさ》まじい。

だが少なくとも、これ以上の成長は封じた。世界龍《ウロボロス》が、この世界から離れて天界に攻めこむほどの力を手に入れることは、もはやあり得ない。

あとはあの世界龍《ウロボロス》を解体して、中にいる真藤《しんどう》シグレを引きずり出せば、すべてが終わる。問題は、どうやってそれを実現するか、ということである。

「それで、これからどうするつもりだ？　龍の肉体が不死者《ラザルス》同様の再生力を持っているなら、どれだけ戦っても決着はつかないぞ」

「そうだな。戦闘が長引けば、消耗度のぶん、むしろこちらが不利だな」

ヤヒロが、ゼンの言葉に同意した。

ゼンが、不信に満ちた眼差《まなざ》しをヤヒロに向けてくる。

「まさか、なにも考えてなかったわけではないだろうな？」

「ああ……いや、わかってる。俺たちには、世界龍《ウロボロス》は倒せない。あいつが本物の世界龍《ウロボロス》ならな」

「おい!?」

ゼンが表情を歪《ゆが》めてヤヒロを睨《にら》んだ。

その直後、二人はそれぞれ左右へと分かれて跳んだ。

二人がさっきまでいた場所を、灼熱《しゃくねつ》の閃光《せんこう》が薙《な》ぎ払《はら》う。世界龍《ウロボロス》の攻撃だ。

「鳴沢《ナルサワ》！」

水蒸気爆発を利用した超加速で、ゼンは燃え広がる炎からどうにか脱出する。

火の龍《アワリティア》の加護があったころのヤヒロなら、爆発の反動を利用することで似たような緊急回避を使えていたはずだ。しかし今のヤヒロには、その権能が使えない。世界龍《ウロボロス》の攻撃から逃れる手段が、彼には存在しないのだ。

だが、そんなゼンの心配を覆《くつがえ》して、ヤヒロは高々と空へと舞い上がっていた。

そして空中に静止したまま、世界龍《ウロボロス》に向かって右手を突き出す。

そこから放たれたのは、超高圧の圧縮空気の砲弾だった。

高熱を撒《ま》き散《ち》らしながら飛翔《ひしょう》する不可視の砲弾が、深紅の龍の体表に着弾。全長三十メートルの巨体をぐらりとよろめかせる。

「なんだ、今の神蝕能《レガリア》は⁉　まさか風の龍《イラ》の権能なのか⁉」

着地したヤヒロのもとに駆け寄って、ゼンが訊《き》く。

かつて山瀬道慈《ヤマセドウジ》が使っていた風の龍《イラ》の権能。ヤヒロはそれと同じ力を使ってみせた。風の龍《イラ》の巫女《みこ》の加護を持たないにもかかわらず、だ。

「言ったろ。俺たちには、あいつは倒せない。俺たちの力だけなら、な」

ヤヒロがふてぶてしく唇の端を吊《つ》り上《あ》げながら、新たな神蝕能《レガリア》を発動した。

世界龍《ウロボロス》の足元の地面が紫色に変色し、見るからに毒々しい瘴気《しょうき》を噴き上げる。

咄嗟《とっさ》にそこから逃れようとした深紅の龍の脚を、その地面から突き出した金属結晶の刃《やいば》が縫い止めた。

「沼の龍《ルクスリア》の物質沼化《しょうか》と、山の龍《ヴァナグロリア》の鉱物結晶か……！」

ゼンが深々と息を吐きだした。彼もようやく気づいたのだ。

様々な龍の神蝕能《レガリア》を発動しているのは、ヤヒロではなかった。

ヤヒロは、ただ彼らに肉体を貸しているだけ。権能を駆使して世界龍《ウロボロス》を攻撃しているのは、この世界に残された、かつての巫女《みこ》たちの残留思念。あるいは、この世界の意思と呼ぶべきものたちだった。

「不死者喰い《ラザルスイーター》……真藤《しんどう》シグレ、か。おまえが俺の一部という実感は湧かないが、可哀想《かわいそう》なやつだ。同情するぜ……」

雷龍《トリスティティア》の権能――無数の雷撃が空中から降り注ぎ、深紅の龍の肉体を削《そ》ぎ落としていく。

傷ついた龍の巨体を哀れむように見上げて、ヤヒロは嘆息した。

「冥界監視者たちは、間違った。あいつらは勘違いをしていたんだ。彩葉《いろは》の加護……火の龍《アワリティア》の権能は、世界龍《ウロボロス》を構成する力の一部でしかないんだ。俺や彩葉《いろは》も、それをちゃんと理解してい

いって話だよ」

たわけじゃないけどな」

「どういう意味だ？」

「世界龍《ウロボロス》というのは、すべての龍の権能を一時的に預かってるだけの、ただの管理者に過ぎな
怪訝《けげん》な表情を浮かべるゼンに、ヤヒロが投げやりに答えた。

かつてベリト家の双子姉妹は、龍とは世界そのものだ、とヤヒロに言った。

八体の龍が象徴するのは八卦《はっけ》——世界を八つに分割した構成要素である。新たな世界を生み出す世界龍《ウロボロス》とは、その八つすべてを司《つかさど》る存在でなければならないのだ。

「すべての龍の権能……俺の水の龍《アシーディア》の権能もか？」

「おまえだって、こうやって俺たちに手を貸してくれてるだろ？」

「……なるほど。おまえと侭奈《ままな》彩葉《いろは》は、八体の龍に認められたということか」

ゼンは、半ば無理やり自分を納得させるように呟《つぶや》いた。

そう。八体の龍の力を完全に奪う必要はなかった。ただ、彼らが力を貸してもいいと認めた存在。龍の意思の代行者。それが世界龍《ウロボロス》と呼ばれる存在なのだった。

「ああ。だけどシグレはそうじゃない。あいつが俺から火の龍《アワリティア》の加護を奪ったとしても、それだけでは世界龍《ウロボロス》として顕現することはできない」

「真藤《しんどう》シグレがおまえから奪ったのは火の龍《アワリティア》の権能だけ……つまりあそこにいる龍の正体は、

世界龍《ウロボロス》になり損なった、ただの火の龍《アワリティア》の化身というわけだ」

得心《とくしん》がいったというふうに、ゼンが深々とうなずいた。

事実として龍化《りゅうか》した真藤《しんどう》シグレは、火の龍《アワリティア》の権能である炎しか使っていない。彼は世界龍《ウロボロス》の権能を使わなかったのではなく、そもそも使うことができなかったのだ。

「それはわかったが、どうやって倒す？　なり損ないの世界龍《ウロボロス》でも、充分な強敵だぞ」

深紅の龍が苦し紛れの放つ炎をよけながら、ゼンが訊《き》く。

これまでのヤヒロの放った攻撃で、深紅の龍は間違いなく消耗している。だが、それでも致命傷には程遠い。表面の鱗《うろこ》や翼はボロボロになっているが、龍の巨体は健在だ。

「正直、それは計算外だったな」

「なっ⁉」

ヤヒロが困ったように目を逸《そ》らし、それを見たゼンが絶句する。

そんな二人の背後で鳴ったのは、巨大な獣が、軽やかに着地する足音だった。体長十メートルに迫る巨大な純白の魍獣《もうじゅう》が、冥界門《プルトネイオン》の側壁を駆け下りてきたのだ。

その魍獣《もうじゅう》の背中には、三人の少女が乗っている。

一人は恐怖に顔を硬直させて、もう一人は無表情なまま。そして先頭に座る最後の一人は、なぜか勝ち誇ったような満面のドヤ顔だ。

「ふっふっふ、ヤヒロはやっぱりわたしがいないとダメみたいだね」

「彩葉《いろは》⁉　ヌエマル……⁉」

「なんで、澄華《すみか》まで……」

純白の魍獣《もうじゅう》から降りてくる彩葉《いろは》を見てヤヒロは驚きに眉を上げ、ゼンは頭痛に襲われたように頭を抱えた。ヌエマルの背中には、瑠奈《るな》に必死でしがみつく澄華《すみか》の姿があったからだ。

「お待たせ、ヤヒロ！　助けに来たよ！」

ヤヒロの隣に駆け寄ってきた彩葉《いろは》が、力強く言い切った。

「助けって、なにをする気だ？」

「ふふっ、聞きたい？　この勝利の女神様の完璧な作戦が聞きたい？」

「……ウゼぇ……」

相変わらず謎の自信に満ちた彩葉《いろは》の言葉に、ヤヒロは思わず本音を洩《も》らした。しかし彩葉《いろは》のポジティヴさに、これまで何度も救われてきたのは事実だ。

「澄華《すみか》、なぜ来た⁉」

「だってうちらだけ離れてるのイヤだったし……もう会えなくなったりしたらどうしようって」

咎《とが》めるようなゼンの言葉に、澄華《すみか》がぼそぼそと言い返す。

ゼンは困ったように顔をしかめて、澄華《すみか》を強引に抱き上げた。

「だったら俺から離れるな！」

「うん！」

深紅の龍が放った爆炎が、ゼンたちを目がけて降り注いでくる。

ゼンは澄華《すみか》を抱えたまま、その攻撃を正面から迎撃した。

超低温の液体窒素の槍《やり》が炎を斬り裂き、そのまま龍の巨体を襲う。全身の数カ所を槍《やり》に貫かれ、龍が苦悶《くもん》の声を上げた。

ゼンの神蝕能《レガリア》の威力が増している。水の龍《アシーディア》の巫女《みこ》である澄華《すみか》が傍《そば》にいることで、龍気《りゅうき》の供給量が増大しているからだ。それに気づいたゼンの口元に獰猛《どうもう》な笑みが浮く。ここに来てようやく世界龍《ウロボロス》もどきを攻略する糸口が見えたからだ。

「ヤヒロ！　このままあの龍の龍因子《こ》を削って！」

「言われなくても……！」

彩葉《いろは》に突き上げられる形で、ヤヒロが複数の神蝕能《レガリア》を発動した。

深紅の龍の翼を雷撃が焼き、大気の断層が鱗《うろこ》を斬り裂く。肉体の一部を失うたびに、龍が体内に蓄積していた龍因子も、幽世《かくりよ》の大気に溶けるように失われていく。

全長三十メートルを超えてきた龍の巨体は、今や半分ほどの大きさにまで縮んでいた。痩せ細った身体《からだ》には肋骨《ろっこつ》が浮き出し、無数の傷口から龍因子を含んだ血液が流れ出す。

そんな世界龍《ウロボロス》もどきが、巨大な顎を開き、空に向かって咆吼《ほうこう》した。

その直後、暴風が龍の巨体を包んだ。

空中に散った龍因子が、再び渦を巻いて龍の体内へと戻ろうとする。

「あの竜巻、不死者喰い《ラザルスイーター》の能力か……！」

龍因子を強制的に吸い上げられる脱力感が、ヤヒロを襲ってきた。

ヤヒロたちがどれだけ相手を消耗させようと、この能力がある限り、真藤《しんどう》シグレの龍因子は簡単に回復する。冥界監視者が造り出した、世界龍《ウロボロス》を封印するための能力。実に厄介な権能だ。

だが、ヤヒロたちを襲う脱力感が不意に止まった。

世界龍《ウロボロス》もどきの周囲には、今も暴風が吹き荒れている。しかしその強い風はヤヒロたちには届かない。龍の頭上に生じた純白の円盤に、すべて吸いこまれていくからだ。

円盤の正体は空中に穿《うが》たれた穴だった。

冥界門《プルトネイオン》と対《つい》を成すように穿《うが》たれた、虚空《こくう》の亀裂。

ヤヒロたちが初めて目にする権能だ。その権能を行使しているのは、白い魍獣《もうじゅう》の背中に乗った小柄な少女だった。

「瑠奈《るな》⁉」

「空間を操る神蝕能《レガリア》……天の龍《グラ》の権能か！」

彩葉《いろは》とヤヒロが、同時に叫んだ。

ヌエマルに跨《また》がる瑠奈《るな》が、そんなヤヒロたちを見返して無言でうなずく。

これまでは決して戦闘に介入しようとしなかった瑠奈《るな》までもが、力を貸してくれている。

そのことを理解して、ヤヒロと彩葉《いろは》は互いに顔を見合わせた。そして、どちらからともなく笑い出す。

ヤヒロたちは、これだけ多くの力に支えられているのだ。なり損ないの世界龍《ウロボロス》などに、こんなところで負けるはずがない。

「それで、このあともなにか策があるのか？」

ヤヒロが彩葉《いろは》を見つめて訊《き》く。

すると彩葉《いろは》は、なぜか頬を赤くして視線を泳がせた。

「えっと……　火の龍《アワリティア》の加護があっちに行ったのは、向こうの龍因子のほうがヤヒロより多くなったからなんだよね？」

「ああ。そいつが不死者喰《ラザルスイーター》いの能力らしいからな」

「でも、今はもう向こうの龍因子はだいぶ消耗してるから、あとはヤヒロの龍因子を増やせばヤヒロに加護が戻ってくるかなって」

「……理屈はわかるが、龍因子を増やすってどうやって？　ここには使えそうな遺存宝器《レリクト・レガリア》はないぞ？」

彩葉《いろは》の言葉にヤヒロは首を傾《かし》げた。

ヤヒロの手元に、九曜真鋼《くようまさかね》はない。ほかの遺存宝器《レリクト・レガリア》が、都合良く手に入るとも思えない。

龍の巫女《みこ》である彩葉《いろは》はヤヒロの隣にいるが、ヤヒロの龍因子が活性化する兆候はない。いまだに火の龍《アワリティア》の加護は、シグレに奪われたままなのだ。

しかし彩葉《いろは》はなぜか覚悟を決めたように、力強くうなずいた。

「大丈夫。だから、ヤヒロ、わたしを見て」

「え……!?」

彩葉《いろは》の両手がヤヒロの頭を包みこみ、彼女はそのままヤヒロに唇を押しつけた。

ヤヒロの頭が真っ白になって、二人の間を流れる時間が止まる。

まるで初めてのような不器用なキス。

「ど、どうかな……いっぱい送りこんだつもりだったんだけど……その……愛情とか……」

しばらく経《た》ってヤヒロとのキスを終えた彩葉《いろは》が、顔を真っ赤にしながら訊《き》いてくる。

照れまくった彩葉《いろは》がヤヒロから離れようとするが、そんな彼女をヤヒロは強引に抱き寄せた。

「ああ、わかってる。だから、もう一回」

「ちょっ……ヤヒロ!? 見てる……絢穂《あやほ》や瑠奈《るな》も見てるから……!」

ヤヒロは、騒ぎ立てる彩葉《いろは》の唇を塞いで黙らせた。

彩葉《いろは》も言葉とは裏腹に抵抗しない。世界からすべての音が消え、ヤヒロの視界を光が満たす。

ヤヒロの全身を、灼熱《しゃくねつ》の炎が駆け巡る。

世界のすべてを抱きしめている感覚。火の龍《アワリティア》の加護が、そして世界龍《ウロボロス》の権能が戻ってきたことを理解する。否《いな》、最初からそれはすべてヤヒロの手の中にあったのだ。

「ヤヒロ！」

「ああ……！」

ヤヒロの手の中に生まれた炎が、一振《ひとふ》りの刀の形を作った。

幽世《かくりよ》で失われたはずのヤヒロの愛刀。九曜真鋼《くようまさかね》。

巨大な深紅の龍に向かって、ヤヒロはそれを振り上げる。

「不死者喰《ラザルスイーター》い……か」

ヤヒロを目がけて、龍が灼熱《しやくねつ》の閃光《せんこう》を放った。

だがその閃光《せんこう》は無数の炎となって散らばり、ヤヒロの手の中へと吸いこまれていく。世界龍《ウロボロス》もどきが放った神蝕能《レガリア》を、ヤヒロが逆に喰《く》ったのだ。

「悪いな。それを言うなら、俺は世界龍《ウロボロス》……自分自身を喰《く》らう龍らしい」

喰《く》われたのは、神蝕能《レガリア》だけではない。

加護を失った深紅の龍の巨体までもが、無数の光の粒となって、ヤヒロの周囲を渦巻く炎に呑《の》みこまれていく。傷ついた翼も、ひび割れた鱗《うろこ》も、禍々《まがまが》しい爪や牙も——世界龍《ウロボロス》もどきを構成していたなにもかもが解体されて消えていく。

最後に残ったのは、無名天使の翼と龍の肉体を持つ歪《いびつ》な怪物だった。

かつて半龍人と化した自分自身によく似た、哀れな不死者《ラザルス》に向かってヤヒロは刀を振り下ろす。

「——焼き切れ、【焔《ほむら》】」

撒《ま》き散《ち》らされた浄化の炎が、漆黒の世界を包みこむ。

その炎に全身を焼かれながら、ヤヒロと同じ顔をした青年は、ようやく救われたと言いたげな穏やかな微笑《ほほえ》みを浮かべていたのだった。

終幕 Epilogue

THE HOLLOW REGALIA

EPILOGUE

冥界門《プルトネイオン》から噴き出した炎が、東京の夜空を赤く染める。

硬いアスファルトの地面に倒れたまま、スリア・アルミロンはそれを無表情に眺めていた。

エリとの戦闘で傷ついたスリアの全身はボロボロだ。

純白のローブは血と泥にまみれ、翼を実体化する力も残っていない。

このまま手当てすることなく放置されれば、失血と体温低下によって絶命するのも、時間の問題だろう。冥界監視者の肉体は常人よりは頑健だが、不死者《ラザルス》のような非常識な治癒力が与えられているわけではないからだ。

「ヤヒロが、世界龍《ウロボロス》の力を取り戻したみたいだね」

スリアの頭上から、不意に声が聞こえてきた。

わずかに視線を巡らせると、人懐《ひとなつ》こく微笑《ほほえ》むジュリエッタ・ベリトと目が合った。

ジュリの手に握られているのは、遺存宝器《レリクト・レガリア》の古刀。冥界監視者をも殺し得る武器だ。

だが、それを見てもスリアは恐怖を覚えなかった。殺したければ殺せばいい、と思う。すでにスリアの役割は終わった。己の死に抗《あらが》う理由も、その手段も残っていないのだ。

「鳴沢八尋《ナルサワヤヒロ》が不死者喰い《ラザルスイーター》を倒したのですか……どうやって……いえ、今さらそれを知っても意味のないことですね」

夜空を照らす炎の輝きを眺めて、スリアは自嘲するように息を吐いた。

「エリミエルの裏切りがあったとはいえ、冥界監視者がこのような形で全滅するというのは予想外でした。幹部のほとんどを失ったキュオスも、このまま消滅することになるでしょうね」

皮肉な話だ、とスリアは心の中でせせら笑う。

気が遠くなるほど長い間、この冥界を監視してきたスリアたちが、わずか数日で滅びるのだ。与えられた役割を果たすために行動を始めた、それだけで。

「ヤヒロたちに手を出したことを、後悔してる？」

倒れたままのスリアを見下ろして、ジュリが聞いた。

その声に悪意は感じない。純粋な好奇心から出た質問らしい。

「後悔はしていません。ですが、心残りもありません」

「どうして？」

ジュリに問い返されて、スリアは少し考える。

「あなたの言ったことは、おそらく事実だったのでしょう。天界といっても、特別な場所ではない。私たちが冥界と呼ぶこの世界と同じ、無数にある多元宇宙の一つに過ぎない。天人たちがこの世界に監視者を送りこんだのは、ただ彼らが臆病だっただけ」

「自分たちが、いつか滅ぼされると思った。だからそうなる前に相手を滅ぼそうとした」

「……滑稽なことです。それでは愚かな人間たちとやっていることが変わらない。自分たちが特別な存在ではないことを、天人たちは自ら証明してしまったのですから」

クスッと今度は声に出して笑うことが出来た。

そう。天人たちは愚かだった。だとすれば、その天人たちに造られたスリアたちもまた愚かだったのだろう。彼女たちが見下してきた、この世界の人間たちと同じように。

「私を殺さないのですか、ジュリエッタ・ベリト」

「殺してほしいの？」

スリアの質問に、ジュリが質問で答える。

「私が死ねば、冥界監視者はいなくなります。この世界を滅ぼす者はいなくなる」

「人類が自ら滅びを望めば別だけどね」

「ええ、たしかに。それは私たちの知ったことではありませんが」

他人事《ひとごと》のような口調でスリアが言った。

それは彼女が、生まれて初めて口にした本心だった。

スリアはこの世界になんの責任も負っていない。だから、その行く末を気楽に眺めることができる。天人たちに与えられた使命を放棄することで、ようやくスリアは自由になれたのだ。

「スリア・アルミロン、統合体《ガンツアイト》に協力する気はない？」

そんなスリアに、ジュリが訊《き》く。

スリアは困惑して眉を寄せた。

「統合体《ガンツアイト》？　あの組織は解体されたと聞いていましたが？」

「龍の力を利用して、自分たちの望む世界を生み出そうとする強硬派の勢力はね」

ジュリが愉快そうにニヤリと笑う。その強硬派を束ねていたのは、彼女の養父であるユーセビアス・ベリト。そして彼らを壊滅させたのが、ジュリたちギャルリー日本支部だったのだ。

「今の統合体《ガンツアイト》は、世界龍《ウロボロス》の暴走に備えて監視するだけの学術的な組織だよ。まあ、世界龍《ウロボロス》が本当に暴走したときになにが出来るかはわからないけどね」

「……冥界監視者の持つ技術を、統合体《ガンツアイト》に取りこもうというのですか？」

「あなたたちが昔からやってたことでしょ」

ジュリに指摘されて、スリアは沈黙した。

冥界監視者は、龍を監視するために、過去にも何度か統合体《ガンツアイト》を利用したことがある。当時の水準を超える科学技術を供与することで、統合体《ガンツアイト》を操ろうとしたのだ。

「冥界監視者の名前に相応《ふさわ》しい役割だと思うけど、どう？」

「いいでしょう。私も、もう少しだけこの世界を見てみたいと思ってしまいました」

ジュリの誘いに、スリアは応じた。

まるで天使を堕落させる蛇のような誘惑だ、と心のどこかで理解しながら――

「エリミエルが予言したように、この世界がいつか天界を滅ぼすなら、それはそれで面白いですしね」

†

「真藤《しんどう》シグレというのは、どういう人だったんですか？」

話があるのだ、と思い詰めたような表情でヤヒロのもとにやってきたのは、彩葉《いろは》の弟の蓮《れん》だった。

今の蓮《れん》は十四歳。いつも控えめで礼儀正しかった彼の印象は今も変わっていないが、思春期の少年ならではの繊細さやアンバランスさが感じられて少し面白い。

「どう、と言われても、俺は最後にちょっと話をしただけだからな」

そう言ってヤヒロは、少し困ったようにログハウスの天井を見上げた。

ヤヒロが放った浄化の炎が、深紅の龍を焼き尽くしたあと、灰の中で見つかったのが、人間の姿を取り戻した真藤《しんどう》シグレだった。不死者《ラザルス》の肉体を持つ彼は、瀕死《ひんし》の重傷を負いながら、それでもしぶとく生き残ったのだ。

なぜ自分を殺さなかったのか、と尋ねるシグレに、殺す理由がない、とヤヒロは答えた。

たしかにシグレは、ヤヒロの細胞片から生み出された複製《クローン》かもしれないが、固有の人格と意思を持つ独立した人間だ。いわば生き別れた双子の兄弟のようなものだろう。

自分と同じ顔を持つ存在というのは不愉快だが、殺したいほど憎いわけではない。勝手にどこかで幸せになってくれればそれでいい、と思う。

そんなシグレに加護を与えたのは、瑠奈《るな》だった。

本来、天の龍《グラ》の巫女《みこ》である瑠奈《るな》が、特定の不死者《ラザルス》に加護を与えることはない。

しかしヤヒロが世界龍《ウロボロス》となったことで、瑠奈《るな》の役目はすでに終わっている。彼女が中立を保つ必要はなくなったのだ。だからシグレに龍因子を供給する程度であれば、特に問題ないと判断したらしい。

もし瑠奈《るな》が彼に加護を与えなければ、シグレはいずれ龍因子の枯渇《こかつ》によって死んでいた。そうなると絢穂《あやほ》が悲しむから、というのが瑠奈《るな》の主張だった。

「蓮《れん》は、絢穂《あやほ》ちゃんがシグレさんに取られるんじゃないかって不安なんだよね」

「ちょっと……凛花《りんか》ちゃん……！」

付き添っていた凛花《りんか》にからかわれて、蓮《れん》が慌てる。

「絢穂《あやほ》？」

初々《ういうい》しい蓮《れん》の反応に、ヤヒロはようやく状況を理解した。

血の繋《つな》がらない姉である絢穂《あやほ》に対して蓮《れん》は好意を抱いており、だからこそ絢穂《あやほ》と交流があったシグレのことを気にしているのだろう。つまり絢穂《あやほ》をシグレに取られるのではないかと不安になっているのだ。

「あー……まあ、絢穂《あやほ》にとっては真藤《しんどう》シグレは助けてもらった恩人らしいからな」

ヤヒロが歯切れの悪い口調で言った。

「恩人……」

蓮《れん》が露骨に落ちこんで肩を落とす。それを見てヤヒロは少し慌てた。

この手の話は、正直ヤヒロの手に余る。絢穂《あやほ》がシグレをどう思っているかなんて、部外者であるヤヒロにわかるはずもない。

「そうは言っても、知り合ってせいぜい一日か二日だろうし、お互い恋愛対象とは思ってないんじゃないか？　まあ、手紙のやりとりくらいはあるかもしれないけど」

「わかんないよ。だってシグレさんって、ヤヒロと同じ顔なんでしょ？」

凛花《りんか》が少し意地悪く笑って言った。

ヤヒロは不思議に思って訊《き》き返す。

「俺と同じ顔かどうかって、関係あるか？」

「はあ……」

凛花《りんか》がわざとらしく大袈裟《おおげさ》に首を振った。蓮《れん》も心底呆《あき》れたような表情を浮かべている。

「これだもんね。ヤヒロはやっぱり彩葉《いろは》ちゃんとお似合いだよ」

「うん。まあ、シグレさんも同じくらい鈍かったらいいんだけど」

「どういう意味だよ」

まるで自分が彩葉《いろは》なみに鈍いと言われているような気がして、ヤヒロはふて腐れる。

ヤヒロ自身、自分が他人の恋愛感情に敏感だとは思っていない。だが、少なくとも彩葉《いろは》よりは鋭いという自信があったのだ。しかし凛花《りんか》たちはそうは思っていないらしい。

「てか、鈍いって意味なら、あいつだって相当だろ。なあ、凛花《りんか》」

蓮《れん》には聞こえないように、部屋を出て行こうとした凛花《りんか》にヤヒロがこっそりと囁《ささや》く。

「う、うるさい！　私はいいの！　絶対言ったらダメなんだからね！」

頬を赤らめた凛花《りんか》が、そう言ってヤヒロの脇腹を殴りつけた。

思いのほか強烈なその一撃に、ヤヒロはしばらく悶絶《もんぜつ》する羽目になったのだった。

†

手製のログハウスの外に出て、Tシャツ姿のヤヒロは強い陽射《ひざ》しに目を細めた。

目の前に広がっていたのは、穏やかな入り江に面した名もない島の風景だ。

しかし見慣れたはずのその風景は、かつてのヤヒロの記憶とは違っていた。

冥界監視者たちの攻撃によって破壊された施設や畑などは復旧している。ギャルリー・ベリトが人員を派遣して、突貫作業で修理してくれたのだ。

しかし彼らが工事したのは、それだけではなかった。

砂浜を取り巻く岬の先端に連なるように、真新しい建物がいくつも並んでいた。

木製の連絡橋で連結された、茅葺《かやぶ》き屋根の水上バンガローだ。

まるで有名なビーチリゾートのような光景である。

「ヤヒロ。頼んでおいた仕事は終わったのですか？」

砂浜においたデッキチェアの上には、水着姿のロゼが寝そべっていた。

その隣でトロピカルドリンクを啜《すす》っているのはジュリだ。

二人が着ているのは、露出度高めの小さな水着。しかし引き締まった体つきの二人にはよく似合っている。ここが本物の観光地だったら、間違いなくナンパ目的の男どもが彼女たちに群がっていたことだろう。

しかしそんな双子の姉妹を眺める、ヤヒロの視線は冷たかった。

「終わったのですか、じゃねえよ。なんだよ、この計画は」

ヤヒロが手に持っていた計画書をバサバサと振った。

しばらくバカンスを取ることにしたと宣言して、ベリト家の双子が島に押しかけてきたのは昨日のこと。夏休みで日本に帰国していたはずの彩葉《いろは》の弟妹《きょうだい》たちも一緒だったが、それはいい。

問題はそのときにロゼたちに渡されたこの分厚いプレゼン資料だった。

「なんだと言われても、この島の開発計画ですが」

ロゼがサングラスを押し上げながら、怪訝《けげん》な顔をする。

「この島は俺と彩葉《いろは》を世間から隔離しておくための結界じゃなかったのか？」

「べつにこの計画が実行されたからといって、隔離されていることに変わりはないでしょう。せいぜい観光客が一年に八千人くらい遊びに来るというだけで」

「めちゃめちゃ流行《はや》ってる南国リゾートじゃねえかよ！」

ヤヒロはそう言って思わず天を仰いだ。

この島を、タヒチやモルディブのような観光地にする。主に新婚旅行客を目当てにした高級リゾート。それがロゼたちの計画だった。ギャルリー・ベリトの新規事業である。

リゾート開発が進んでも、ヤヒロと彩葉《いろは》はこのまま島に住み続けることができる。ただし、リゾートの支配人として。

要するに今までのように遊んでないで、ギャルリーの一員として働け、ということである。提示された給料は悪くないが、労働条件は過酷だ。なにをやってもどうせ死なないのだから、多少の無茶は許されるだろうなどと考えているのに違いない。

「今回の事件で私たちも反省したのです。無理にあなたたちを世界龍《ウロボロス》の結界に隠すよりも、社会の一員として生活させておいたほうが目立たないのではないかと」

ロゼが真面目な口調で言った。交渉慣れしているだけあって、それなりに説得力がある。

「それはわかるけど、なんでリゾートなんだ？」

「せっかくうちが購入した島だから、有効活用しないとと思ってね」

「そんな理由かよ」

身も蓋もないジュリの説明に、ヤヒロはぐったりと脱力した。

「あのね、この島を維持するために、ギャルリーが毎年どれだけ負担してると思ってるのかな。潜水艇の運航費用だってタダじゃないんだよ」

「いや、そのことは俺も感謝してるけど」

「それに新婚旅行客が中心のリゾートならそうそうリピーターもいないだろうし、ヤヒロたちが年を取らなくても怪しまれる危険は少ないかなって」

「まあな……」

ヤヒロは反論できずに黙りこむ。

世界龍《ウロボロス》の一部となったヤヒロと彩葉《いろは》は年を取らない。ヤヒロたちの寿命が尽きるのは、この世界が終焉《しゅうえん》を迎えるときだ。

ジュリやロゼ、それに彩葉《いろは》の弟妹《きょうだい》たちも、いつかヤヒロたちを置いて先に死ぬ。そうなったときに、ヤヒロと彩葉《いろは》が社会との接点を持たないのは危険だ。

世界から隔離されて生きるより、多少の危険を冒してでも人間と関わっていたほうがいい。

そう言われてしまうと、ヤヒロには、抗《あらが》うことができなかった。

「あとは彩葉《いろは》の希望だったのです」

沈黙するヤヒロに、ロゼが告げる。

「彩葉《いろは》の？」

「結婚式のプロデュースをすると言って張り切っていますよ」

「なるほど……」

その光景を想像してヤヒロは苦笑した。

面倒見がよく、人を楽しませることが好きで、なによりも家族を大切にしている——そんな彩葉《いろは》が結婚式のプロデュースなどという仕事を任されて、やる気を出さないはずがない。きっと彼女のことだから、そのうち結婚式の生配信もすると言い出すことだろう。

新たな面倒事が増えるのを予感して、ヤヒロはやれやれと息を吐く。

その直後、岬のほうから騒がしい声が聞こえてきた。彩葉《いろは》の弟妹《きょうだい》たちが宿泊している水上バンガローの方角だ。

弟妹《きょうだい》たちを引き連れるようにして飛び出してきたのは、彩葉《いろは》だった。

しかし彼女が着ているのは、見慣れない服装だ。

目が覚めるような純白のドレス。幾重にも重ねられた半透明の生地が、陽光を浴びて宝石のように輝いている。スカートの丈は短めで、肩や背中が大きく露出していた。その代わりに、長いベールが彩葉《いろは》の髪を覆っている。

それはどう見てもウェディングドレスだった。彩葉《いろは》がいきなり花嫁姿で現れたのだ。

「見て見て、ヤヒロ！ このドレス！ ジュリたちがサンプルで持ってきてくれたの！」

呆然《ぼうぜん》と立ち尽くすヤヒロの前で、彩葉《いろは》がくるくると回ってみせる。

その様子を見ているうちに、ようやくヤヒロの硬直が解けた。そういえばこいつはコスプレが趣味だった、と思い出したのだ。

「プロデュースするって言っといて、おまえが着るのかよ……」

「せっかくだから着てみたかったんだよ。似合う？ 似合う？」

厚かましく褒め言葉を要求してくる彩葉《いろは》に、ヤヒロは、ああ、とぞんざいにうなずいた。

そしてヤヒロは彩葉《いろは》の耳元に口を寄せ、彼女にだけ聞こえるようにそっと囁《ささや》く。

「そうだな。綺麗《きれい》だ」

「え……」

その瞬間、彩葉《いろは》は驚いたように動きを止めた。照れたように顔を真っ赤にして、いつになく遠慮がちな表情でヤヒロを見上げる。

「それは……うん、あ、ありがと……」

至近距離で見つめ合う彩葉《いろは》とヤヒロを、彩葉《いろは》の弟妹《きょうだい》たちが取り囲んでいる。その周囲には、ジュリやロゼ。そして工事のために駆り出されていたギャルリー・ベリトの戦闘員《オペレーター》たち。

まるで本物の結婚式みたいだな、とヤヒロは思う。

この世界が、龍によって生み出された単なる幻想だったとしても、今この瞬間、ここにいる人々の笑顔だけは間違いなく本物だった。

それはどれだけの時間が流れても、色褪《いろあ》せることのない真実だ。

「ねえ、ヤヒロ。ずっとそばにいてね」

彩葉《いろは》が美しい笑みを浮かべて、ヤヒロを見上げる。

それはいつか二人で交わした呪いの言葉。ささやか過ぎる少女の願い。

だが、その呪いが世界を救った。そして二人の契約はまだ続く。

「わかってる。約束、したからな」

「死が二人をわかつまで――」

虚《うつ》ろなるレガリア

THE HOLLOW REGALIA

—— *Prequel* ——

Side:アヤホ&イロハ

1

あの日——四年前の、あの夏の日。

東京上空に巨大な龍が現れて、街には血の色の雨が降り注いだ。

そして日本人は死に絶えた。

†

お弁当を作ってきたんだよ、と彩葉《いろは》ちゃんは少し得意げに言った。

「おにぎりと卵焼きと豚の角煮ときんぴらごぼう。角煮ときんぴらは缶詰のやつだけど」

荷物を入れたリュックを大事そうに抱きしめて、彼女は、へへ、と嬉しそうに笑う。

薄茶色の長い髪が、穏やかな春の陽射しに透けている。

彩葉ちゃんは、私よりも三つ年上の十六歳。小顔で細身で目が大きくて、とても綺麗な顔立ちの子だ。

その印象は四年前、最初に彼女に出会ったときから変わらない。

小豆色の学校指定ジャージすら、彼女が着ていれば、どことなく可愛く思えるほどに。

「言ってくれたら、お弁当くらい作ったのに」

彩葉ちゃんに弁当を用意させてしまったことに罪悪感を覚えた私は、拗ねたような口調で抗議した。〝家《ホーム》〟で最年長の彩葉ちゃんには、やらなきゃいけないことがたくさんあるのに、私には料理くらいしかできないから。

「今朝になって急に思いついたんだよね。慣れない街に行くなら、食料は持っていったほうがいいかな、って」

「うん。それはね」

私は彩葉ちゃんの言葉に同意する。

今日の目的地は旧・新宿区。あまり馴染みのない地域だけに、無事な姿で残ったコンビニやスーパーを都合良く見つけられるとは限らない。最低限の水と食料を用意しておくのは大切だ。

「それに絢穂《あやほ》には、買い出しに付き合ってもらってるわけだしね」

彩葉ちゃんがそう言って、私の手を握ってくる。年上のくせに彼女は甘えん坊で、隙あらばこうやってくっついてくる。まあ、私としてもそうやって甘えられるのは嫌ではないけれど。

「それで、今日はなにを探すの？」

「えーと……服、かな」

私の質問に、彩葉ちゃんが答えた。その口調はなぜか歯切れが悪い。

「服なら、私より凛花《りんか》を連れてきたほうが良かったんじゃない？」

不思議に思いながら訊き返す。凛花は私たちの妹の一人。まだ十一歳だけれど、オシャレと美容にうるさい我が〝家〟のファッションリーダーだ。洋服の買い出しに付き合わせるなら、服装に無頓着な私よりも彼女のほうが適任だと思う。

だけど、彩葉ちゃんは少し困ったように視線を彷徨わせて、

「いや、それはその、凜花にはまだちょっと早いっていうか――」

「凜花には早いって……もしかして探してるのは下着？　彩葉ちゃん、また……」

私は思わず彩葉ちゃんの胸元に視線を向けた。

全体的にすらりとしたイメージの彩葉ちゃんだけれど、胸は大きい。すごく大きい。元から大きめだったけれど、今も着々と成長中だ。傍はたから眺めているぶんには綺麗で素直に羨ましいが、太って見えるから嫌だと本人は言う。それにサイズの合う下着を探すのが大変らしい。

「ち、違うよ！　ちょっときつくなったけど、まだ大丈夫……！」

自分の胸元を両手で隠しながら、彩葉ちゃんが首を振る。

そういえば三カ月くらい前にも、私は彼女の下着探しに付き合ったことがある。十一歳の凜花には、たしかにその役目はまだ早い。

「可愛い下着、見つかるといいね」

「うん……って、だから違うって！」

彩葉ちゃんが顔を真っ赤にして否定した。私は彼女の言葉をはいはいと受け流す。

四年近く放置されたままの道路はあちこち陥没し、雑草も茂って歩きづらい。それでも陽当たりのいい川沿いの遊歩道を、彩葉ちゃんと並んで歩くのは悪い気分ではなかった。そういえば、こんなふうに彼女と二人で出かけるのは久々だ。

私たちは手を繋いだまま、しばらく黙って歩き続ける。

そして外濠の終点近くまで来たところで、彩葉ちゃんが思い出したように突然言った。

「道、こっちで合ってるよね？」

「え？　わかってて歩いてたんじゃなかったの？」

私は唖然として彼女を見返した。彩葉ちゃんは困ったように曖昧に微笑んで、

「いやー……なんとなくカンでこっちかなって」

「それ、方向音痴の人が絶対やっちゃダメなやつ」

「いちおう自信はあったんだよ。西に向かって歩けば大丈夫かなって」

彩葉ちゃんの言い訳を聞き流しながら、私は紙の地図を広げた。へし折れた道路標識や建物の看板を頼りに、自分たちの現在地をどうにか割り出す。

「うん、大丈夫。この先の交差点を曲がれば、正しい道に出るよ。ちょっと遠回りだけど」

「ごめんね、絢穂。でもほら、見て。綺麗」

ホッとしたように息を吐きつつ、彩葉ちゃんが正面を指さした。遊歩道沿いに植えられた街路樹には、淡い色の花びらが見事に咲き誇っている。

「桜だ」

「ねー……もうそんな季節なんだね」

彩葉ちゃんが、風に舞う花びらに向かって手を伸ばす。

そんな彼女の姿に私は一瞬見とれた。彩葉ちゃんはその場でくるりと振り返って私を見つめ、

いいことを思いついたと言わんばかりに悪戯っぽく笑いかけてくる。

「お弁当食べよっか」

「え？　もう？」

私は呆れ顔で訊き返す。〝家ホーム〟を出てから、まだ一時間も経っていない。目的地である新宿までの距離は、ようやく半分といったところだ。

だけど彩葉ちゃんは、駄々をこねる子どものように私の袖を強く引っ張って、

「お願い。いいでしょ。お花見だと思って」

「まあ……いいけど」

私は、仕方ないな、と苦笑した。彩葉ちゃんの勢いに負けたというわけではなく、私自身も、桜の下で弁当を食べたいと思ったのだ。

私の言葉を聞いた彩葉ちゃんは、やった、と小さくガッツポーズを作る。

そして彼女は背後を振り返り、大きな声で呼びかけた。

「ヌエマル、おいで。ご飯だよ」

彩葉ちゃんの声に反応して、巨大な獣が姿を現す。

尻尾の先まで含めたら、体長は六、七メートルはあるだろう。狼とも狐とも虎ともつかない、純白の毛並みの怪物――魍獣《もうじゅう》だ。

ヌエマルと呼ばれたその獣が、青白い稲妻を撒き散らしながら咆吼する。

周囲の廃墟の陰に潜んで、私たちを狙っていたほかの魍獣たちが、ヌエマルの威嚇に怯ひる

んで、すごすごと立ち去る気配があった。

ゆっくりと近づいてきたヌエマルに向かって、彩葉ちゃんは、ありがと、と微笑んだ。彼女の前に屈みこんだヌエマルが、眉間を撫でられて気持ちよさそうに喉を鳴らす。

魍獣。この国に突如として出現した人喰いの怪物たち。それらがひしめく二十三区を、私たちが自由に歩き回れるのは、ヌエマルが護衛してくれているからだ。

そのヌエマルたちと心を通わせ、家族同然に扱っているのは彩葉ちゃんだ。

彩葉ちゃんは、私たちが知る限り、この世でたった一人の〝魍獣使い〟なのだった。

2

あの日——四年前の、あの夏の日。

東京上空に巨大な龍が現れて、街には深紅の雨が降り注いだ。

時を同じくして、日本全土に魍獣が出現。神話の怪物にも似た力を持つ彼らは、容赦なく人々を襲い、喰らい、街を破壊した。

世界中の要人、国家元首、そして宗教的指導者たちが命令を下したのはその直後だ。

彼らは言った。日本人を殺せ、と。殲滅せよ、と。

殺戮の連鎖は瞬く間に全世界に広がり、各国の軍隊は速やかに日本への侵攻を開始した。

狂乱のうちに日本という国家は消滅し、海外にいたわずかな日本人たちもまた、容赦ない暴力に晒されて次々に命を落としていった。

私たちはそれを〝大殺戮《J-nocide》〟——ジェイノサイドと呼んでいる。

そして日本人は死に絶えた。

大殺戮が始まって、わずか半年後の出来事だった。

†

「うわ、すごい。デパ地下、すごい！　見たことのない缶詰がいっぱいある！」

贈答用の高級缶詰セットを抱き上げて、彩葉ちゃんが声を弾ませた。

新宿にある大型デパート跡地の廃墟。地下道から中に入った私たちが見つけたのは、店内に手つかずで残された商品の山だった。

四年も放置された建物の地階は、雨水が溜まって水浸しになっていることが多い。だけど、このデパートの真下には地下鉄のトンネルが走っていたため、そちらに水が流れこみ、水没するのを免れたらしい。

もちろん食料品のほとんどは、腐り果てて原形を留めていない。

それでも缶詰や保存食の多くは無事だった。コンビニやスーパーでは見かけないめずらしい食材に、彩葉ちゃんだけでなく私のテンションも上がる。

「これを全部持って帰るのは無理だね」

尋常ではない量の缶詰をせっせとかき集める彩葉ちゃんに、私は言った。

彩葉ちゃんは、その言葉にショックを受けたように頭を抱えて、

「ああぁ……タビーたちを連れてくればよかったよ。ヌエマルは荷物運んでくれないからなー。どれを持って帰ろう。悩むー」

その場に屈みこんだ彩葉ちゃんが、真剣な顔で缶詰の選別を始める。

もちろん自分が食べるだけなら、彼女もそこまで本気で悩んだりはしないのだろう。たぶん彼女が考えているのは、〝家〟に残してきた弟妹たちのことだ。

〝家〟にいる子どもたちは全部で八人。最年長の彩葉ちゃんが十六で、最年少の瑠奈はまだ七歳。血のつながりはないけど、全員が力を合わせて暮らしている大切な家族。この廃墟の街に取り残された、数少ない日本人の生き残りだ。

あの地獄のような大殺戮の中で、私たちだけが運良く生き延びられたのは、すべて彩葉ちゃんのおかげだった。魍獣の群れに襲撃され、わけもわからないまま死を覚悟した私たちの前に、ヌエマルを連れた彩葉ちゃんが現れて助けてくれたのだ。

それどころか彼女に手懐けられた魍獣たちは、それ以降、ほかの魍獣たちの襲撃から私たちのことを守るようになった。タビーというのは、そんな味方の魍獣の一体だ。

そうやって彩葉ちゃんに救われた日本人は全部で七十人ほど。その中には、教師や看護師、電気工事の資格を持っている人たちもいた。〝家〟の建物を整備して、太陽電池パネルや飲料水をくみ上げるポンプを設置し、私たちの生活基盤を整えてくれたのも彼らだった。

しかしそれから一年も経たないうちに、大人たちはみんないなくなった。

彩葉ちゃんのことを恐れて、逃げるように立ち去った人々もいる。事故や病気で亡くなった人も。だが、それ以上に自ら命を絶った人は多かった。彼らは皆、絶望したのだ。日本人が死に絶えて、自分たちだけが廃墟の街に取り残されたという現実に――

結局、最後に残ったのは私たち八人たちだけだった。

だからこそ彩葉ちゃんは、私たちのことを大切にしている。実の家族同然か、それ以上に。

その結果、彼女は薄暗い廃墟の地下で、お土産用の缶詰を真剣に物色しているのだった。

「ていうか、缶詰を持って帰るだけでいいの？　下着を探しに来たんじゃなかった？」

悩み続ける彩葉ちゃんの背中に、私は呆れ顔で呼びかける。

彩葉ちゃんは、ハッと我に返ったように顔を上げて、

「下着じゃなくて、服ね！　服！」

「フロアガイドあるよ。下着が置いてあるのは……三階かな。大きいサイズも置いてあるって」

「その大きいサイズというのは、たぶん微妙に意味が違うと思う」

なぜか拗ねたように唇を尖らせつつ、彩葉ちゃんは缶詰を置いて立ち上がった。

3

「広い……」

婦人服売り場に辿り着いた私たちは、その売り場の面積に軽く圧倒された。

四年も放置されていたからあまり期待していなかったのだけど、フロアの中はほとんど荒らされておらず、商品がほぼ完全な姿で残っている。

高級ブランドの洋服、バッグ、靴、小物——そのどれもが華やかで煌びやかで、平和だった時代のこの国の豊かさを伝えていた。わくわくするような、切ないような、そんな光景だ。

「もっと明るいところで見たかったたね」

マネキンが着こなす夏物のワンピースを眺めて、私はそっと溜息をつく。

照明の消えたデパート内は暗く、せっかくの色鮮やかな服たちもくすんで見える。

「これでもいちばん強力な懐中電灯持ってきたんだけどね」

彩葉ちゃんがアウトドア用のＬＥＤランタンを最大出力にして頭上に掲げた。

おかげでフロア内はだいぶ遠くまで見通せるようになったけれど、それでもデパート本来の眩しいほどの明るさにはほど遠い。

「そっか……水着の季節だったんだ……」

特設の水着売り場に迷いこんで、私と彩葉ちゃんは、どちらからともなく顔を見合わせた。

大殺戮が起きたのは夏。当時この特設会場は、きっと新しい水着を求める人々で賑わっていたのだろう。

「どれか着てみる？」

彩葉ちゃんが、目を輝かせながら私を見つめてくる。私は慌てて首を振り、

「いやいや。私にはこんな派手なの似合わないよ。彩葉ちゃんならともかく」

「そうかなー……これなんか可愛いと思うんだけど」

「無理無理。絶対無理。そもそも私、泳げないし」

言い訳するわけではないけれど、私が大殺戮を経験したのは九歳のときで、それ以降、プールで泳ぐ機会なんて一度もなかったのだ。当然、水泳の授業もなかったし、そんなんで泳げるようになるはずがない。

それでも彩葉ちゃんは名残惜しそうにビキニの水着を手に取って、

「海水浴行きたいねー……夏になったら、みんなで行こうか。花火持って。あとスイカ」

「スイカって今から植えて夏に間に合うのかな?」

「どうだろ。今度調べてみるね。どこかでスイカの種も探しておかなきゃ」

いつもの前向きな態度で彩葉ちゃんが言う。彼女の中では海水浴に行くのが、もうすっかり決定事項になっているらしい。

私としても、海に行くのが絶対に嫌というわけじゃない。

特に幼い弟妹たちには海水浴を体験させてあげたいし、上手くいけばアサリなんかの新鮮な食材が手に入るかもしれない。だけど、水着になるのはやはり抵抗がある。

どうせ日本人の生き残りなんて、私たちだけしかいないんだから、家族以外の誰に見られるわけでもないのだけど。

とはいえ、水着姿の彩葉ちゃんの隣に並ぶ自分を想像すると、それだけで恥ずかしくて逃げたくなる。なにしろ彩葉ちゃんは美人な上にスタイルもすごいのだ。おまけにうちの妹たちもみんな可愛くて、将来美人になるのは間違いない。世の中はちょっと不公平だと思う。

「将来……か……」

私はぼんやりと水着売り場を見回しながら呟いた。

大殺戮以降、東京二十三区は侵入禁止の隔離地帯に指定され、日本を分割統治しているどの国からも放置されている。魍獣がひしめくこの土地に、わざわざ入ってくる犯罪者もいない。

だからこそ、魍獣に守られた私たちは逆に安全だった。

家庭菜園で採れた野菜と、ペットの鶏たちが産んだ卵。あとは廃墟に残された缶詰や保存食を回収して、特に不自由なく暮らしてきた。

だけど、そんな日常が、いつまでも続くとは思えない。保存食の消費期限が尽きるまで、長くてもせいぜいあと数年。いつかは私たちも、この二十三区を出て行かなければならないのだ。

そんなことを考えながらぼんやり歩いていたせいで、異変に気づくのが遅くなった。

いつの間にか彩葉ちゃんの気配が消えていた。

「彩葉ちゃん？」

私は立ち止まって彼女を呼ぶ。

彩葉ちゃんが持っていたはずのランタンは、売り場の棚の上に置かれたままだ。

ただ彼女の姿だけが消えている。

水着の試着にでも行ったのだろうか。

でも、私たち二人しかいないこの状況で、彼女がわざわざ試着室に入るとは思えない。

「彩葉ちゃん、どこ⁉」

思わず私の声が震えた。

見知らぬ場所にひとりぼっち。その事実に私は恐怖した。

ヌエマルも私たちの傍にはいない。大きすぎて建物の中に入れなかったから、デパートの入り口で待たせてあるのだ。もしこの瞬間、魍獣に襲われたら、私には身を守る手段がない。軍隊ですら足を踏み入れない二十三区を、私たちが自由に歩き回れるのは、彩葉ちゃんがいたからだ。猛獣使いの彼女がいなくなってしまえば、私たちは――

「――っ！」

私の爪先がなにかに触れた。

展示されていた衣服が揺れ、その隙間からなにかが転がり出してくる。

最初に目に映ったのは長い髪の毛。

骨張った細い腕。剥き出しの歯と、虚ろな眼窩。

私はたまらず息を呑み、悲鳴の代わりに喉を鳴らした。

直後。

「絢穂！」

倒れかけた私の身体を、誰かが背後から抱き止める。温かな体温と甘い匂い。

「彩葉……ちゃん……」

いなくなったはずの彩葉ちゃんが、軽く息を弾ませながら私を抱きしめていた。

彼女の顔を見ただけで、さっきまでの恐怖が嘘のように溶けていく。

「ごめんね、一人にして。この子が近づいてくるのが見えたから――」

彩葉ちゃんが、申し訳なさと安堵を綯い交ぜにしたような表情を浮かべた。

「この子……？」

振り返った私は、今度こそ短い悲鳴を上げる。

彩葉ちゃんの背後に立っていたのは、見上げるほどの体躯の獣だった。

二足歩行するアライグマのような姿の怪物。魍獣だ。

人類の天敵であるはずのその怪物は、従順なペットのように彩葉ちゃんに懐いて、彼女の背後にくっついている。建物の中に潜んでいた魍獣を見つけた彩葉ちゃんは、私が気づく前に、その魍獣に駆け寄ってあっさりと手懐けてしまったのだ。

どうして彩葉ちゃんにだけ、そんなことができるのかはわからない。彩葉ちゃん自身にも、心当たりはないらしい。なんにせよ彼女のその能力のおかげで、私が救われたことに変わりはない。今はそれだけで十分だった。

「大殺戮で犠牲になったんだね。死んでから、もうずいぶん経ってる」

私の足元に屈みこんで、彩葉ちゃんが言った。

そこに倒れていたのは、白骨化した人間だった。

デパートの制服を着た女性の遺体だ。大殺戮の騒ぎの中で、なんらかの理由で命を落とし、それからずっとこの場に放置されていたらしい。

魍獣に殺されたわけではない。パニックになった群衆に突き飛ばされたのではないかと思ったけれど、今となっては確かめようもないことだ。

死体を見るのは私も初めてではないが、だからといってそれに慣れるわけではなかった。

涙をこらえる私の肩を抱き、彩葉ちゃんが優しい声で言う。

「あとで埋めてあげよう。ね、ドンブリも手伝って」

「……ドンブリ？」

どこか場違いなその単語に、私は怪訝な表情を浮かべた。

「この子の名前。さっきつけたの。ほら、尻尾の模様がラーメンのどんぶりに似てるから」

彩葉ちゃんはなぜか自慢げに胸を張り、背後の魍獣を指し示す。

アライグマっぽい風貌の魍獣の尻尾には、たしかに渦巻き状の模様が入っている。ラーメンのドンブリの模様に似ているといえば似てなくもない。

だとしても、魍獣の名前としてそれはどうなのか。

「彩葉ちゃんって、ネーミングセンスが残念だよね」

私は溜息をつきながら、緊張感の削がれた口調で言った。

「え？　うそ⁉　可愛くなかった⁉」

彩葉ちゃんはびっくりした顔で私を見て、少し傷ついたように肩を落とした。

デパートの屋上にある庭園に店員さんの遺体を埋葬したあと、私たちは再び店内に戻った。

目当ての商品の売り場を彩葉ちゃんが発見したのは、それから一時間近く経ったあとだった。

清潔感のある広々とした売り場には、無数のワイシャツやブラウス、そしてブレザーやスカートがぎっしりと並んでいる。


「これって……」

「そう。制服売り場」

驚く私に、彩葉ちゃんが優しく笑いかけてくる。

「絢穂、本当なら今年から中学生でしょ。だから制服を着せてあげたいなって思って。学校はもうなくなっちゃったけど、せめて服装だけでも、ね」

「あ……」

壁際に並ぶ制服姿のトルソーたちを眺めて、私は呆然と立ち尽くした。

日本人が死に絶えたこの世界に、私が通う中学校なんて存在しない。

私が本当の中学生になる日が訪れることはあり得ない。

それでも目の前の制服たちは、私の心を震わせた。

かつての平和だった日常と、そして未来への希望の象徴。

忘れかけていた憧れの欠片がそこにはあった。

こんな残酷な世界でも、私は生き続けて成長している。

ここにある中学校の制服は、その証のように感じられた。

彩葉ちゃんが用意してくれた、私への最高のプレゼントだ。

「さあさあ、好きな学校の制服を選んでいいよ」

ランタンを掲げた彩葉ちゃんが、私の前に次々に制服を運んでくる。古風なセーラー服も、どこか野暮ったいブレザーも、どれもが魅力的で目移りした。

「いいのかな。私、勝手に着ちゃって……」

「大丈夫だよ。中学は義務教育だから、入試ないし」

「私立だといちおう入試はあるんじゃないかな……あ、でも、この制服可愛い」

「いろいろあって迷うよね。わたしも高校の制服着てみようかな」

高校の制服のコーナーを物欲しげに見つめて、彩葉ちゃんが言う。

いかにも彼女らしいその言葉に、私は思わず微笑んだ。

「彩葉ちゃん、コスプレ好きだもんね」

「コスプレ⁉ 待って、わたしだって本当ならまだ高校に通ってる歳だから……！」

彩葉ちゃんが動揺したように弱々しく叫ぶ。

私はその間に、一着の制服を手に取った。なんの変哲もない紺色のセーラー服。いかにも中学生という地味なデザインだけど、それが逆に素敵だと思う。

「に、似合うかな?」

「似合う！　可愛い！　さすが、わたしの妹！」

身体に当てたセーラー服ごと、彩葉ちゃんが私を抱きしめてくる。

彼女の大げさな褒め言葉を、今は素直に受け入れられる気がした。彩葉ちゃんは私の大切な家族で、たった一人の姉なのだから。

「……ありがと、お姉ちゃん」

照れくさい気持ちをこらえながら、私は彩葉ちゃんへのお礼の言葉を口にする。

だけど次の瞬間、ぼろぼろと涙をこぼし始めた彼女を見て、私は思わずギョッとした。

「絢穂ぉぉ……」

「ちょっ、泣かないで、彩葉ちゃん！　こんなことくらいで感極まりすぎ！」

「だって……だって……！」

「もう、しょうがないなあ……」

私は苦笑しながら彩葉ちゃんの背中をさする。初めて制服を着る家族を見て泣くなんて、姉というよりお母さんみたいだな、と思いながら。

私たちは、いつまでもこのままではいられない。

いつかきっと、この廃墟の街から出なければならない日がやってくる。

それでも私たちが家族だった時間は嘘じゃない。

だから、それまではここで生きていくのだ。

この虚ろなる世界の中で。

あとがき

南国で、スローライフを、してみたい（五・七・五）──

というわけで『虚《うつ》ろなるレガリア』六巻をお届けしております。

本作は、前巻の最後で世界が救われてから約三年後。ヤヒロと彩葉《いろは》が冥界門《プルトネイオン》の中に消え去って世界龍《ウロボロス》の力を手に入れた、その後の物語が描かれております。番外編でも後日譚《たん》でもなく、あくまでも本編の続きです。

ただ、ひとまず世界の危機も去ったことだし、長いこと苦労してきたヤヒロと彩葉《いろは》には幸せに暮らしていて欲しいということで、二人にはなるべく天国っぽい場所でのんびりしてもらうことになりました。候補としてあがったのは南の島と山奥の二択で、わりと真剣に悩んだ末に、今回は南の島をチョイスしております。理由は前巻の舞台が京都の山奥だったからです。決して彩葉《いろは》に水着を着せたかったからということではありません。いや本当に違うから。

今回のテーマは、シンプルに「龍と天使」でした。

宗教方面にはそれほど明るいわけではないのですが、やはり天使と龍の戦いというのは絵画などのモチーフとしても馴染《なじ》み深く、興味を惹《ひ》かれるテーマだと思います。龍の力を手に入れた主人公の敵として、天使の登場は必然と言えるでしょう。冥界《セカイ》を舞台にしたときから、いずれ最終的な敵として天使らしき存在が登場するのは、いちおう設定上では想定していました。

実を言うと、それらの情報は隠し設定にするつもりで、本当に使うことになるとは正直思っていなかったんですよね。ですが、シリーズを予定より長く続けることになってしまったので、最初に考えていた設定をこういう形で表に出すことになりました。

そのおかげでヤヒロと彩葉《いろは》のイチャラブ（?）スローライフや、彩葉《いろは》の弟妹《きょうだい》たちの成長した姿も描けたし、個人的にとても満足しております。対天使戦の設定を残しておいてよかったぜ。


続きましてお知らせですが、うがつまつき先生による『虚《うつ》ろなるレガリア』のコミカライズ単行本第二巻が発売中になっております。「電撃マオウ」における連載も、大詰めに差し掛かって盛り上がっているところです。漫画で見る彩葉《いろは》は表情豊かで、少々ウザいところまで含めてひたすら可愛《かわい》く再現されています。ぜひコミック版もご覧になっていただければ。

また私が手がけている別シリーズ、『ソード・オブ・スタリオン』が、全話完全無料の小説・コミックサイトである電撃ノベコミ+さんにて連載されています。文庫も現在二巻まで発売中。『虚《うつ》ろなるレガリア』とは少しタッチが違う異世界ファンタジーです。こちらも、どうぞよろしくお願いいたします。

さて、『虚《うつ》ろなるレガリア』というシリーズは、本巻でひとまず一区切りとなります。ここまでおつき合いいただき本当にありがとうございました。

イラストを担当してくださった深遊《みゆう》さま、最後まで魅力的な作品をありがとうございます。今回の重要キャラであるエリはもちろん、成長したキャラクターたちのデザイン、本当に素晴らしかったです。

それから本書の制作、流通に関わってくださった皆様にも、心からお礼を申し上げます。

もちろん、この本を読んでくださった皆様にも精一杯の感謝を。

それではどうか、またどこかでお目にかかれますように。

三雲岳斗《みくもがくと》

エリ(エリミエル)

Ellie (Elimiel)

年齢	18	誕生日	不明
身長	151cm	特徴	金髪青目

ヤヒロたちが隠れ暮らしていた、名もない島に流れ着いた謎の少女。背中に羽の付け根を思わせる不思議なアザを持つ。なぜか彩葉を警戒する一方でヤヒロには妙に懐いている。

真藤シグレ

Shindoh Shigure

年齢	20	誕生日	不明
身長	177cm	特徴	白髪灰瞳

加護を与えてくれる龍の巫女を持たない、はぐれ不死者。背格好や顔立ちがヤヒロに酷似する一方で、珠依に似た白い髪を持つ。空間制御の神蝕能を持つ。

CONFIDENTIAL

スリア

Suria Almiron

年齢	27	誕生日	不明
身長	166cm		
特徴	ブルネットヘア・ヘーゼルアイ		

民間軍事会社キュオスに雇われた戦闘顧問の女性。シグレの雇い主でもある。その正体は冥界監視者であり、実年齢は一千歳を超えている。

CONFIDENTIAL

◉三雲岳斗著作リスト

「コールド・ゲヘナ①〜④」（電撃文庫）
「コールド・ゲヘナ　あんぷらぐど」（同）
「レベリオン1〜5」（同）
「i. d. I〜III」（同）
「道士さまといっしょ」（同）
「道士さまにおねがい」（同）
「アスラクライン①〜⑭」（同）
「ストライク・ザ・ブラッド1〜22　APPEND1〜4」（同）
「サイハテの聖衣《シュラウド》1〜2」（同）
「虚ろなるレガリア　1〜6」（同）
「ソード・オブ・スタリオン
種馬と呼ばれた最強騎士、隣国の王女を寝取れと命じられる」（同）
「ソード・オブ・スタリオン2
種馬と呼ばれた最強騎士、隣国の王女を寝取れと命じられる」（同）
「M. G. H　楽園の鏡像」（単行本　徳間書店刊）

「聖遺の天使」（単行本　双葉社刊）
「カーマロカ」（同）
「幻視ロマネスク」（同）
「煉獄の鬼王」（双葉文庫）
「海底密室」（デュアル文庫）
「ワイヤレスハート・チャイルド」（同）
「アース・リバース」（スニーカー文庫）
「ランブルフィッシュ①～⑩」（同）
「ランブルフィッシュ　あんぷらぐど」（同）
「ダンタリアンの書架1～8」（同）
「旧宮殿にて」（単行本　光文社刊）
「少女ノイズ」（同）
「少女ノイズ」（光文社文庫）
「絶対可憐チルドレン・THE NOVELS」（ガガガ文庫）
「幻獣坐1～2」（講談社ノベルズ）
「忘られのリメメント」（単行本　早川書房刊）
「アヤカシ・ヴァリエイション」（LINE文庫）
「RE：BEL ROBOTICA―レベルロボチカ―」（新潮文庫NEX）

本書に対するご意見、ご感想をお寄せください。

ファンレターあて先
〒102-8177　東京都千代田区富士見2-13-3
電撃文庫編集部
「三雲岳斗先生」係
「深遊先生」係

本書は書き下ろしです。

電撃文庫

虚《うつ》ろなるレガリア6
楽園《らくえん》の果《は》て

三雲岳斗《みくもがくと》

2024年2月10日　初版発行

発行者　山下直久
発行　株式会社KADOKAWA
〒102-8177　東京都千代田区富士見2-13-3
0570-002-301（ナビダイヤル）
装丁者　荻窪裕司（META＋MANIERA）
印刷　株式会社暁印刷
製本　株式会社暁印刷

ISBN978-4-04-915202-9　C0193　Printed in Japan

電撃文庫　https://dengekibunko.jp/